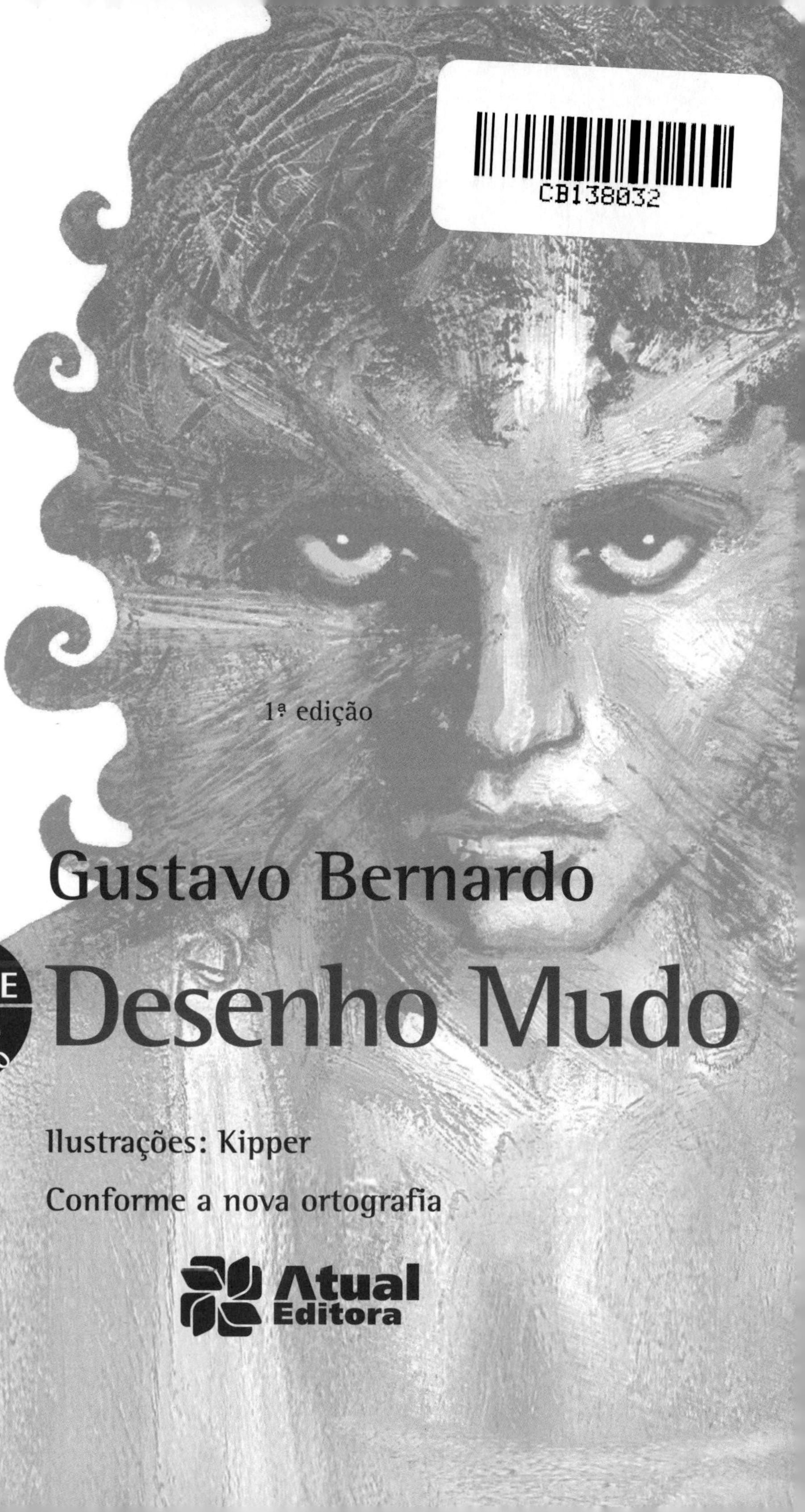



1ª edição

Gustavo Bernardo

ENTRE LINHAS COTIDIANO

# Desenho Mudo

Ilustrações: Kipper

Conforme a nova ortografia

Atual Editora

Série Entre Linhas

Editor • Henrique Félix
Assessora editorial • Jacqueline F. de Barros
Coordenadora de preparação de texto • Maria Cecília F. Vannucchi
Preparação de texto • Célia Tavares
Revisão de texto • Pedro Cunha Jr. e Lilian Semenichin (coords.) / Renato A. Colombo Jr.

Gerente de arte • Nair de Medeiros Barbosa
Coordenação de arte • Mizue Jyo
Diagramação • Elen Coppini Camioto
Projeto gráfico de capa e miolo • Homem de Melo & Troia Design
Suplemento de leitura e projeto de trabalho interdisciplinar • Veio Libri
Consultoria editorial • Vivina de Assis Viana
Produção gráfica • Rogério Strelciuc
Impressão e acabamento • Mark Press Brasil

**Dados Internacionais de Catalogação na Publicação (CIP)**

Krause, Gustavo Bernardo Galvão
Desenho mudo / Gustavo Bernardo ; ilustrações de Kipper. – São Paulo : Atual, 2009. – (Entre Linhas: Cotidiano)

Inclui roteiro de leitura.
ISBN 978-85-357-0246-0 (aluno)

1. Literatura infantojuvenil I. Kipper. II. Título. III. Série.

CDD-028.5

**Índices para catálogo sistemático:**

1. Literatura infantil 028.5
2. Literatura infantojuvenil 028.5



SARAIVA S.A. Livreiros Editores
Rua Henrique Schaumann, 270 – Pinheiros
05413-010 – São Paulo – SP


1ª edição/9ª tiragem
2014

SAC | 0800-0117875
De 2ª a 6ª, das 8h30 às 19h30
www.editorasaraiva.com.br/contato

811498.001.009

ENTRE LINHAS COTIDIANO

# Desenho Mudo

## Gustavo Bernardo

## Suplemento de leitura

Nina não falava, isso desde que nasceu. Médicos, exames... No entanto, os especialistas não descobriram nada de anormal. Chegaram até a sugerir que ela *poderia* falar, se quisesse.

Ao seu modo, Nina reagia com docilidade e alegria ao contato com as pessoas e aos estímulos da vida. E respondia a tudo com sutis modulações do brilho dos olhos, para quem se dispusesse a conversar com eles. E desenhava. Desenhos que ninguém entendia, mas era o que lhe bastava dizer. Enquanto isso, crescia, tornando-se uma moça de beleza perturbadora.

Um crime chocante. Uma mãe não identificada larga o filho recém-nascido numa avenida, embrulhado num lençol. Logo, um carro, também não identificado, passa por cima do bebê e não para – o motorista nem sequer percebeu o que ocorrera. Uma denúncia telefônica leva um tenente da polícia à casa de Nina. Fora a mãe da moça que ligara, e ela mostra ao policial os desenhos feitos pela filha, agora *contando* todo o episódio. Mas o que fascina o tenente é o encontro com Nina.

O tenente escreve poemas, que quase sempre acha imperfeitos. E se impressiona com as muitas vezes em que investigar um crime o coloca diante do que vai além de descobrir quem é o bandido, isto é, diante dos mistérios da alma humana.

O que enxerga nos desenhos de Nina e o que lê nos olhos dela refletem suas dúvidas. Não são respostas, mas um mergulho ainda mais profundo no seu íntimo. É assim que se cria entre eles um diálogo que fala de algo fora do alcance das palavras.

## Por Dentro do Texto

### Personagens

1. Com as suas palavras, como você descreveria Nina?

2. Há na história um personagem que pode até não parecer personagem: o rádio. De meia em meia hora, entra no ar o programa *Cidade alerta*. Há alguns contrastes interessantes que podemos

7. Mais uma para o dicionário: descubra o que é *verso de pé quebrado* (p.24).

8. Outra para o dicionário... de inglês: procure o significado da expressão *black-out*. Depois, leia os primeiros parágrafos do 'Prólogo' e tente explicar o que significa a expressão *black-sound*. No dicionário de inglês, você até encontra *sound*, mas não *black-sound*. Essa você vai ter de entender a partir do texto, porque se trata de uma *analogia* (para saber o significado dessa palavra, vale o dicionário de português mesmo!), uma das maneiras que a gente tem para inventar palavras.

9. Na página 16, o pai de Nina é descrito como "um homem cinzento, que aquela filha deixara, talvez por compreensível sensação de fracasso como homem e provedor, ainda mais cinzento, confundindo-se com as paredes e a névoa da cidade". Com base nessa descrição e na que é feita quando o pai chega em casa e dá com a filha falando (p. 74), como você visualiza esse personagem?

### Enredo

10. O tenente escondia de todos, principalmente dos colegas, os poemas que fazia, por medo de gozação. Seria só no ambiente dele – de homens duros, habituados a lidar com a violência – que haveria essa reação diante de um colega que faz poesia, ou isso é comum, acontece em quase todos os lugares? O que você acha?

11. Na página 75, depois que Nina começa a falar, o tenente afirma: "Eu me encontrava mais feliz do que nunca, contemplado com os acontecimentos, e, ao mesmo tempo, mais sozinho do que nunca". Como você entende essa solidão do tenente?

## Produção de textos

12. Na página 21, o tenente explica o que entende por beleza. Que tal fazer um texto de opinião (pode até ser um poema, mesmo que *de pé quebrado*, ou no estilo *bonsai*, como diz a personagem do livro), dizendo, segundo você, o que é beleza?

13. Pegue uma foto, ou um desenho, e escreva uma fábula inspirada na cena retratada. Pode ser o que você imagina sobre uma das pessoas, ou animal, ou objeto, ou sobre como foi que os elementos que aparecem naquela foto foram reunidos naquele momento.

## Atividades complementares

•

(Sugestões para Ciências, Cinema, Literatura, Música, etc.)

14. Num dado momento, os médicos chegam a suspeitar que Nina seja autista. Pesquise para saber em que consiste o autismo – uma das doenças mais enigmáticas com que a psiquiatria lida (porque se sabe pouco a respeito dela e menos ainda sobre como tratar autistas) – e também para perceber melhor por que nosso personagem não era uma autista. Uma dica: comece sua pesquisa pelo dicionário.

15. Você já assistiu a algum filme do tempo do cinema mudo? Veja, ou reveja, junto com amigos ou colegas de classe, um dos filmes de Charles Chaplin, por exemplo, *O garoto*, que, além de mudo, é também em preto e branco. Depois, participe de um debate com os demais colegas. Entre outros assuntos, troquem ideias sobre se haveria no filme cenas que ficariam melhor em cores e com a fala dos personagens ou se isso estragaria a emoção que sentiriam ao assisti-las.

16. Procure escutar uma música sem letra, popular ou clássica. Pode ser um *jazz*, um chorinho, uma sonata, etc. Depois, tente responder a perguntas como: Onde você imaginou a música sendo executada? Que cor ou cores teriam a ver com ela? Seria noite ou dia? A música lhe despertou sentimentos, lembranças, sensa-

ções? Que outras coisas a música fez você visualizar ou sentir? Sugira a amigos ou colegas que ouçam a mesma música e depois compare suas respostas.

17. Você sabe o que é uma *colagem*? É uma produção artística que consiste em colar em uma superfície – uma cartolina, por exemplo – recortes de jornais, rótulos e embalagens, ou mesmo objetos, fotos, desenhos e dizeres impressos. Que tal fazer uma colagem de elementos como os citados acima, ou outros que você queira utilizar, descrevendo você? Ou, então, retratando, numa espécie de diário sem palavras, determinados acontecimentos do seu dia a dia?

Atual Editora

Para Adriana, minha filha.

# Sumário

*Mas, pouco a pouco, o brasileiro foi percebendo esta verdade: – são as palavras que separam.*

Nelson Rodrigues

# Prólogo

Silêncio faz um barulho insuportável.

Quem já experimentou ligar, ao mesmo tempo, todos de uma vez, as britadeiras, os carros, as televisões, as campainhas, as geladeiras, os aparelhos de ar condicionado, os telefones (principalmente os telefones) do bairro?

Quem já experimentou desligar, ao mesmo tempo, todos de uma vez, de repente: britadeiras, carros, televisões, campainhas, geladeiras, aparelhos de ar condicionado, telefones do bairro?

Quem já teria vivido alguma vez a experiência desse *black-sound*?

Acho que seria enlouquecedor.

Naquele momento, eu vivia algo bastante parecido. Os pardais, que não cantam, esticavam seus bicos minúsculos na direção da névoa cotidiana. Não arriscava a minha vida, mas ela passava inteirinha pela minha cabeça, como um filme em câmera lenta. Os transeuntes voltavam-se para mim, também em câmera lenta, lentamente abrindo a boca e arregalando os olhos. Só que as pessoas não pareciam pessoas, mas sim cem espelhos que me olhavam olhando-as e assim me tiravam do prumo.

Como isso aconteceu?

Vou tentar explicar, mas talvez precise começar do começo, embora não se saiba muito bem onde se localiza o começo dessas coisas. A história que vou tentar contar é silenciosa e se oferece em preto e branco, como as letras pretas neste papel branco.

# Cidade aberta

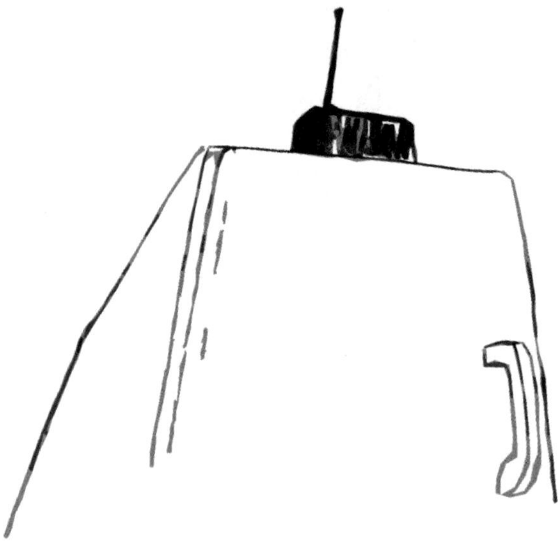

*Queixa contra gestos obscenos, senhores, que coisa feia: os pais da estudante L. M. C., 15 anos de idade, passaram maus momentos no prédio em que moram, em Copacabana. "Minha filha estava no elevador e um morador fez gestos obscenos para ela. Lorena saiu imediatamente porque ficou com medo de ser violentada", contou na delegacia a mãe, a dona de casa M. M. C., de 39 anos de idade.*

O rádio ficava ligado, se não o dia todo, no mínimo dezesseis horas, tirando as oito horas regulamentares de sono da família. O aparelho, antigo, só pegava AM e ficava em posição de honra na cozinha, em cima da geladeira (no lugar do pinguim aposentado).

Deixavam-no em uma estação de notícias "vinte e quatro horas no ar". O apartamento tinha televisão na sala, é claro, mas só a ligavam na hora do jornal das 8 (da noite). Os fatos falados então competiam entre si, som da cozinha e som da sala, voz do rádio e voz da tevê, às vezes até se sobrepunham, a mesma notícia com ênfases distintas.

Seguindo a lei, para proteger aquela adolescente, o locutor da rádio substituía nomes por iniciais. Entretanto, no prédio da jovem, não era difícil deduzir quem seria a Lorena de 15 anos que tinha uma mãe com nome de sigla matemática e que havia ficado sozinha com o morador tarado do elevador, este um pouco mais difícil de identificar, se sequer as suas iniciais eram apresentadas. O velho devasso do 717? O garotão marombeiro, como se diz, dono do *pit bull* e que mora com a mãe no 514?

Não se escutava música, apenas o noticiário do *Cidade alerta* – assim se chamava o programa principal, "de meia em meia hora para você saber tudo e mais um pouco do que acontece na nossa cidade", empolgava-se, de meia em meia hora, o locutor.

> *Assassino tem esquizofrenia, coitado. Assim como o assassino do Morumbi Shopping, em São Paulo, Kipland Kinel – isso é nome ou pseudônimo artístico? – também pode ter cometido seu massacre em uma crise de esquizofrenia paranoica. A conclusão é de médicos encarregados pela Justiça de avaliar o cérebro do rapaz. A neurologista Pamela Blake, da Universidade de Georgetown, comparou o cérebro do adolescente ao de outros trinta assassinos e concluiu que há um padrão eletroencefalográfico muito semelhante entre os acusados. Como vemos, tudo tem a sua explicação. Filme de hoje, às catorze horas e quinze minutos, na sessão da tarde do seu canal favorito:* Instinto assassino.

Bem, eles não falavam apenas do que acontecia na nossa cidade: o noticiário internacional, desde que relevante – esquizofrenia paranoica de um *serial killer*, por exemplo –, também era contemplado. Como vemos, e a rádio lembrou, a ciência explica a morte e a vida e ainda a vida que gera a morte. E lá vai ele de novo, agora para a Índia.

> *De Nova Delhi, na Índia, nos chega a notícia de que dois homens disfarçados de mulher violentaram uma freira na favela em que ela havia ido fazer caridade. Tudo bem, eles entenderam meio errado o sentido da caridade cristã, mas por que a roupa de mu-*

*lher? Essa eu não entendi. Mas fiquemos com a previsão do tempo: a meteorologia informa que o dia será claro, ensolarado e bem quente, enquanto se aguarda a frente fria que vem do sul do país.*

As notícias que temos por aqui, parece que eles também têm por lá. O Segundo Mundo se desfez, enquanto o Terceiro e o Primeiro contam as mesmas velhas novidades do sangue, do suor e das lágrimas. Mas na verdade eu não ficava escutando rádio o dia inteiro, certamente tinha mais com que me ocupar. Nem morava naquele apartamento.

Nina morava. Nina escutava aquele rádio. Talvez seja mais correto dizer que Nina escutava além daquele rádio.

# Lápis preto

Nina, um dia, foi menina, o que é antes um eco do que uma rima. Mas não uma menina comum, tanto que a mãe tentou durante muito tempo, sem sucesso, colocá-la em uma escola. Ela era diferente, e eles não tinham dinheiro para pagar escola especial. Professores, colegas, mesmo os pais e o irmão não sabiam o que fazer ou como lidar com ela.

A primeira diferença, a mais flagrante, não se via nem se ouvia: Nina não falava. Nada. Nem uma palavra. Ou gemido, choro, grito, nada. Não emitia nunca o menor som – isso, desde sempre, isto é, desde que nasceu, para espanto da mãe e preocupação do doutor.

Entretanto, ela não era surda. Logo demonstrou escutar perfeitamente, mesmo à longa distância. Exames e mais exames não encontravam razão para o silêncio: cordas vocais em perfeito estado, eletroencefalogramas com registros dentro da normalidade, testes psicotécnicos e de estímulo recebendo respostas adequadas à idade, apenas: nenhuma explicação.

Autismo? Não encaixava. Nina voltava os olhos quando falavam com ela, entendia e obedecia comandos, reagia a carinhos ou a movimentos bruscos – embora cada reação não parecesse corresponder aos códigos usuais. Quando lhe faziam um carinho no braço, por exemplo, levantava o outro braço a meia altura e desenhava com o dedo, no ar, o que parecia ser uma letra – em geral, um *r*. Se a sacudiam, lhe dando um safanão, ela abria estranho sorriso, fechava os olhos e deixava a cabeça cair de lado, para num gesto também brusco se aprumar de repente, arregalar os olhos e voltar as costas para a pessoa.

Psicólogos revezavam-se com a menina, embora perturbados por não poderem contar com seu principal instrumento de trabalho. Se ela não falava, nada lhes contava, e se lhes contava nada, como poderiam interpretar o que fosse? Se ela não falara, sequer chorara, desde que nascera, onde localizar o nó do trauma? Que trauma poderia ter acontecido?

Tinha de ter havido um trauma, para se poder formar um complexo que justificasse um diagnóstico que por sua vez explicasse o comportamento e justificasse um tratamento. Violência familiar, quiçá paterna? Eu teria ido primeiro por esse caminho, mas os médicos logo o descartaram. Eles deviam ter as suas razões.

No instante mesmo do nascimento, ela já não chorara. Não tinha na cidade outros parentes além dos pais, cuja história não formava um quadro que permitisse especular sobre eventual abuso ou violência ocasional, mesmo que psicológica.

Havia para a hipótese do trauma uma alternativa que igualmente aos doutores parecia incabível: uma escolha. Não fazia sentido. Seria ridículo. Ela não poderia ter optado, desde a mais tenra idade, por ficar tão completamente calada.

Não se ponha em dúvida a competência dos psicoprofissionais: por causa do silêncio, todos eles lembraram-se de recorrer ao desenho. Animavam-se, inclusive, quando Nina sorria, fininho, ao ver o papel branco sobre a mesa. Mas voltavam a estranhar porque ela nunca escolhia lápis, giz, tinta de cor. Apenas lápis preto, giz de cera preto, tinta preta; muito às vezes, um cinza.

Por outros gestos e por mais tantos exames, agora oftalmológicos, percebiam que Nina distinguia com clareza, desde cedo, as cores. Não havia problema de visão. Além de ela recusar, educada mas firmemente, os lápis de cor e ficar apenas com o que fosse preto, o que desenhava também não entendiam. Nada se encaixava no que explicavam os manuais de psicopedagogia.

Apenas fragmentos. Sem rabiscar aleatoriamente, sem brigar com a folha, sem esboçar bonecos, sem tentar círculos ainda que imperfeitos, sem fechar uma figura, desde muito pequena desenhava aqueles fragmentos indefinidos. Observavam-na desenhando: experimentava várias possibilidades no ar, a ponta do lápis dois centímetros acima do papel, como se rascunhasse num papel tão fino que fosse invisível. De repente batia devagar uma mão na outra, sorria (fino) e descia a ponta do lápis para o papel: logo o desenho ficava pronto. Seria melhor dizer: logo o traço ficava pronto — apenas um breve traço.

Jamais usava toda a superfície do papel, ora deixando sua figura em um dos cantos, ora, mais raramente, no centro.

Os psicólogos tentavam descobrir o significado dos rabiscos, por menor que cada um fosse (e a maioria era de fato pequena em relação ao branco do papel): a ponta de um nariz?; a raiz de uma folha?; sinal de emoção?; qual?; uma sombra?; de quê? Acabavam interpretando uns aos outros, com os sentidos que atribuíam aos desenhos de Nina, e não conseguiam definir-se por ela.

Na dúvida — quanta dúvida —, receitavam vitaminas e remédios. Nina tomou todas as vitaminas do alfabeto, mais uns tantos calmantes, alguns relaxantes musculares, arriscaram-se até antidepressivos. Uma das psicólogas chegou a supor, insegura, o diagnóstico de "psicose maníaco-depressiva", mas não havia mania e a depressão não parecia depressão. É verdade que Nina desenhava todo o tempo que podia, mas com calma, sem qualquer obsessão, como se fosse a rotina da sua vida. Movia-se devagar, mas não se enrodilhava no sofá, não tinha a menor preferência pela posição fetal, não deixava de comer, de ir ao banheiro quando precisasse, de dormir nas horas e as horas necessárias.

Nenhuma escola a aceitava por mais de um mês - quando então a direção chamava a mãe para lamentar que Nina não tinha condições de estudar, aliás sequer de brincar, se não se comunicava e não atendia às professoras. Parecia dócil, obediente, mas obedecia fazendo o que queria e não o que se pedia. Sentava no seu lugar, arrumava na carteira o lápis e o caderno, escutava com atenção — mas com tanta atenção que encabulava mestras e coleguinhas. Na hora do dever, o lápis se recusava a fazer as letras e insistia nos fragmentos, nas formas incompreensíveis. Se a instrutora ralhava com ela, com o dedo indicador, no ar, desenhava uma letra (normalmente, um *r*).

Era recomendado que a garota fosse encaminhada a uma escola especial, que não havia, ao menos gratuita, nas redondezas. Chegaram a dizer que talvez ela é que fosse feliz — nós outros, os infelizes. Chegaram a dizer que ela talvez não precisasse de nada — que apenas a alimentassem, por humanidade.

# Humanidade

O tempo foi passando, na janela e no corpo da menina. Ela crescia, embora não muito. Permanecia quieta no canto do quarto, desenhando, ou na calçada, observando o desenho da casca das árvores. Alimentava-se de lápis, papel e sopa. Sopa de letrinhas, eu diria, se quisesse fazer gracinha. Na verdade, tomava sempre, todo dia, sopa de legumes batida no liquidificador.

*Administradora é baleada no Centro após sacar dinheiro do banco. Levada pelos caixas do estabelecimento ao hospital público, encontra-se fora de perigo. Na Zona Norte, policial reage a assalto em ônibus, mas é baleado no peito e morre. Deixa viúva e um filho pequeno. Os filmes da semana, sempre na sessão da tarde: segunda-feira,* O retorno da maldade*; quinta-feira,* Elvira, a Rainha das Trevas.

Como fundo musical diário desta história em preto e branco sobre o silêncio, o noticiário radiofônico. A cidade, alerta. Enquanto isso, Nina: quieta.

Sempre que falavam com ela, voltava-se devagar e encarava tão fixamente que desconcertava a pessoa mais cínica. Embora os professores nas escolas não conseguissem se comunicar com ela, na verdade ela parecia estabelecer contato, não por palavras nem por gestos, antes por olhares.

Os gestos não obedeciam a códigos conhecidos, não faziam sentido para os demais. Não aprendeu a linguagem de surdos, porque na verdade não era surda. Recusava-se a dizer "sim" balançando a cabeça para baixo, não dizia "não" balançando a cabeça ou o indicador para os lados. Não se espantava, não se irritava, não se chateava, não fazia caras e bocas – a boca sempre uma linha e quase: quase um sorriso muito fino.

*Famílias de vítimas do trânsito reclamam da impunidade. Nossa repórter especial, Joana Sá e Silva, ouviu hoje parentes de vítimas da violência no trânsito, até hoje sofrendo com a perda de seus familiares e revoltados com a impunidade. Em abril, o médico Hésio Branco, 68 anos, atropelou vinte e duas pessoas numa feira livre no bairro mais nobre da Zona Oeste. A costureira Alzira Gonçalves, 65 anos, sofreu traumatismo craniano e morreu doze dias depois no centro de tratamento intensivo do hospital – no qual, aliás, trabalhava o próprio médico atropelador. O inquérito, porém, o incrimina apenas por lesão corporal e não tem data prevista para ser concluído.*

O pai de Nina, contador, não entendia as notícias e não entendia a filha – não conseguia transformar seus rabiscos em números e somas. Ele sempre havia sido um homem cinzento, que aquela filha deixara, talvez por compreensível sensação de fracasso como homem e provedor, ainda mais cinzento, confundindo-se com as paredes e a névoa da cidade.

A mãe, muito de quando em quando, percebia: os olhos de Nina, castanhos, ficavam mais claros para dizer "sim" e mais escuros, às vezes quase negros, para dizer "não". Nina parecia sorrir, se o fazia, apenas para si mesma. Não parecia sofrer, a não ser...

Sozinha e aparentemente tranquila com a sua solidão, Nina permanecia no seu mundo e muito pouco mexia com o mundo dos outros;

assim achavam. Com o tempo — passando — os exames foram rareando, até os pais e os professores e os psicólogos se esquecerem dela. Mocinha, sem frequentar escola, sem aprender a ler ou a escrever, ficava no fundo do seu quarto desenhando (desenhando, desenhando, desenhando), parecendo completamente alheia ao mundo.

Mas não estava.

*Garoto atropelado por* jet-ski *encontra-se em estado grave. É crítico o estado de saúde do garoto Marcos Zari, de 12 anos, atropelado ontem à noitinha por um* jet-ski *em praia do litoral do estado. O menino sofreu fratura da coluna cervical e permanece internado no pronto-socorro do balneário. A polícia sabe que duas moças pilotavam o* jet-ski, *mas ainda não as identificou. Enquanto isso, dona de casa amiga, aprenda a não ser atropelada pela disparada dos preços. Fique de olho nas promoções e aproveite a briga dos supermercados pelo freguês. A prefeitura entrou nessa briga, pagando um salário mínimo para dez donas de casa fiscalizarem os preços. O resultado será divulgado quinzenalmente.*

# Janela discreta

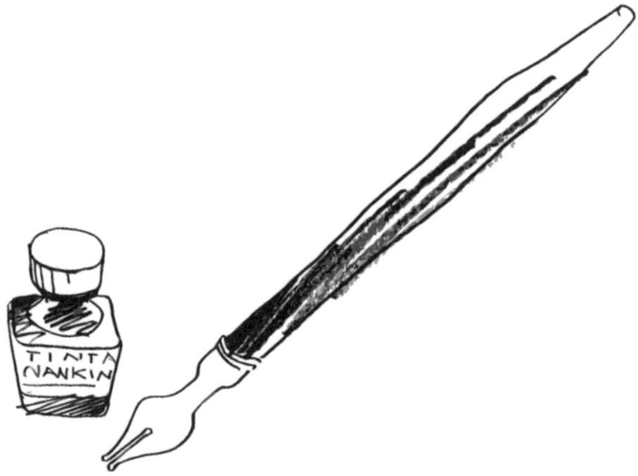


Em casa, o pai, que chegava e logo se detinha a olhar a janela do apartamento (somente Nina sabia que ele olhava a janela, e não pela janela).

Do lado de fora, o crepúsculo. A luz de mercúrio da rua. A pressa com que os poucos pardais se recolhiam e alguns morcegos trocavam de árvore ou fresta de telhado.

A mãe, que não saía e carregava para cima e para baixo uma toalha de mão, torcendo-a entre as mãos.

O irmão alto e forte e agressivo, que pela menor contrariedade gritava com os pais, com os móveis, chutando estes para não bater naqueles. Só não gritava com a irmã – como se ela fosse surda e, portanto, não adiantaria e ele se sentiria bobo. Procurava nem olhar a irmã – como se ela não existisse.

O pai trabalhava o dia inteiro numa empresa de transportes do outro lado da cidade. A mãe era professora, mas lecionara muito pouco tempo – até nascer o irmão da menina. Ele cresceu, sete anos se passaram, ela prestou um concurso público, passou nas últimas colocações (mas passou), ia dar aula em uma escola noturna perto do trabalho do marido, mas engravidou de Nina e não assumiu a vaga.

O problema da filha – era mesmo um problema? – prendeu-a mais fortemente à casa e aos médicos e às filas nos laboratórios e nos hospitais públicos. Ganhavam pouco, mas sobreviviam sem grandes queixas, fora a cruz que supunham carregar. O garoto, sim, se queixava, porque não tinha o jogo ou o tênis ou a camisa ou o relógio ou a guitarra ou a motoneta que achava que precisava ter. Mas com as queixas dele se acostumaram, compensando-as com o silêncio da irmã – "pelo menos essa não fala". Moravam em apartamento próprio, ainda que precisassem pagar prestações a perder de vista – ou até o resto da vida.

O apartamento ficava em um conjunto habitacional de dezesseis blocos, à beira da grande avenida por onde se entrava na cidade. Tinham, portanto, as facilidades do transporte público, embora esse transporte não fosse fácil. Moravam no quarto e último andar do prédio do meio, que, como os demais, não tinha elevador. Toda a área comum, entre os prédios, era meio cimentada e meio baldia. Havia poucas árvores, mirradas, fracas, nas calçadas: amendoeiras sem frutos (um vizinho dizia que eram árvores *machas*).

No último censo, responderam *negra* no quesito "cor" de cada membro da família. Na verdade, o pai era mulato mais claro e a mãe, mulata bem mais escura, os olhos de ambos quase castanhos. O menino puxara à mãe, pele mais escura ainda do que a dela, enquanto a menina puxara ao pai, pele mais clara, um pouco, do que a dele. Os olhos, os mesmos – e, talvez, o medo da janela.

Aquela janela, na sala, permanecia fechada. Viam-se as janelas próximas do bloco vizinho, mas através do vidro sempre limpo.

Nina não falava, não estudava, não lia. Há muito tinham desistido de escola. Ela olhava e desenhava, desenhava e olhava. Sempre entendia o que lhe falavam, mas não respondia, retrucava ou conversava (a não ser com os olhos – isso, se olhassem para os seus olhos, o que muito pouco faziam). Se pediam que arrumasse o seu quarto, passava a arrumar o seu quarto sozinha. Na mesa, se ordenavam que se servisse sozinha, passava a se servir sozinha.

Presentes de aniversário ou Natal nem sequer desembrulhava. Houve, nesse caso, uma única exceção. Certo Natal, seu pai, que nunca trazia nada, lhe trouxe um presente. Aquele ela abriu, e era apenas um vidrinho de tinta nanquim e uma comprida pena. Nina então sentou-se à mesa da sala, segurando na mão direita a pena, na mão esquerda o vidrinho de tinta; olhava para uma folha de papel em branco. Ficou olhando para aquela folha de papel em branco por muitas horas; apenas no ano seguinte experimentou, ao lado do lápis, traços (fragmentos mínimos) a nanquim.

Naquele momento, o pai sentiu uma das maiores alegrias da sua vida – mas, como de praxe, ficou (ele também) em silêncio.

Nina comia bem, nem muito nem pouco. Como não a entendiam, como parecia não sofrer de dor física, como não falava e nada solicitava, aos poucos largavam-na no seu canto, deixando-a como um animal quase sem estima – peixinho escuro em aquário redondo –, que se alimentasse de sopa de legumes, papel e lápis (depois, nanquim e pena), sobrevivendo muito além do que se esperaria.

Por isso, não percebiam que ela se tornava uma menina, e depois uma moça: bonita (é quase indecente admitir que, considerando a sua condição, se não deficiente, diferente, eu a achasse bonita, mas que posso fazer: ela me perturbava quando me olhava, e eu chamo essa perturbação de beleza).

Longos parênteses. Os seus olhos castanhos, que mudavam de tonalidade conforme quisesse dizer "sim" ou "não", eram tão fortes que baixavam os olhos das outras pessoas – elas então viam as pernas grossas, o quadril largo (poderíamos dizer, desenhado), no vestido sempre branco ou preto, ou preto e branco, e sempre limpo. Os seios eram quase grandes, empurrando o vestido e os olhos da gente novamente para cima: sua boca fina, quase um traço, no rosto pardo, o nariz arrebitado e: aqueles olhos, é preciso desviar deles e olhar novamente a janela.

Ou desenhá-la. Quando nenhum psicólogo mais estudava os fragmentos, Nina aos poucos sofisticava o seu desenho. De um traço no papel evoluía para algumas formas, como, por exemplo: uma linha inclinada na parte superior direita do papel, uma longa e irregular reta tomando toda a parte de baixo e duas curvas esboçadas no meio da folha, começando mais grossas e terminando mais finas. Os traços continuavam, no entanto, a não se conectar, assim como o branco permanecia dominando seus trabalhos.

Enquanto isso, escutava o rádio, ligado na cozinha. Para a mãe e para o irmão, o som do rádio era uma espécie de barulho necessário para não ouvirem o silêncio dela, mas não prestavam a menor atenção nas notícias, de resto uma parecida com a outra, intercambiando personagens e ambientes, mortos, feridos e culpados. Nina, no entanto, embora parecesse surda, escutava. Escutava muito bem.

Por exemplo:

*Justiça inglesa proíbe preso de morrer de fome. Um famoso assassino de crianças e adolescentes, preso há trinta e cinco anos, começou uma greve de fome sem qualquer reivindicação, apenas com o objetivo de se suicidar pela fome. Tribunal de Liverpool, na Grã-Bretanha, todavia, deliberou que ele fosse alimentado à força, para não morrer.*

Essa notícia, tão distante, também me impressionara. Creio que esse assassino já foi personagem de um filme ou de um seriado de televisão. Lembro-me vagamente da história. As pessoas na casa escutavam a notícia e, se prestavam alguma atenção a ela, diziam: "que coisa". Se não prestavam, também diziam: "que coisa". Nina, porém, parava o lápis no ar e se agitava (por dentro: leve taquicardia, suor na palma da mão). Logo desenhava com mais força uma forma mais escura.

Vejamos outro exemplo.

> *Bebê é atropelado na Perimetral. Depois de ser abandonado na rua enrolado num lençol, um bebê recém-nascido, do sexo feminino, foi atropelado e morreu, agora há pouco, na avenida Perimetral. O motorista, ainda não identificado, não deve ter visto a criança, ou, então, a confundiu com o monte de pano. De qualquer maneira, testemunhas afirmam que, ao perceber a gritaria dos outros pedestres, ele teria fugido a toda velocidade. A Polícia Militar está procurando o motorista e a mãe do bebê, que supostamente o abandonou na rua.*

Que coisa. Nina, a pena parada no ar. Eu ainda não a conhecia nessa época, mas a imagino, no momento em que escutara a notícia do bebê abandonado no asfalto da avenida, com a pena parada no ar.

Eu mesmo não podia ficar parado, se me coube investigar a ocorrência.

# Muito prazer

Perdão. Talvez eu já devesse ter me apresentado, mas é difícil começar do começo uma história. O hábito da profissão me faz entrar nas tramas pelo meio e, muitas vezes, ainda que seja minha a responsabilidade, não consigo saber ou fazer saber o fim dessas tramas, ou dessas tramoias, como queira.

Eu disse "muitas vezes"? Talvez devesse dizer "quase todas as vezes". Infelizmente, minha vida não é como a daqueles detetives dos romances policiais, que juntam nas últimas páginas os parentes da vítima, o delegado, os empregados da casa, os suspeitos e o próprio assassino, se não for uma assassina, para num longo, lógico e sensato discurso desvendar com brilho seco todo o crime. Todos ficam fascinados, dos leitores ao criminoso, ou criminosa, que, é claro, não foge; nem ele, ou ela, podia perder por nada aquelas palavras.

Não sou desses. Minha vida não daria um romance. Quando resolvo algum *mysterium tremendum*, tenho sempre a desagradável sensação de que o fiz sem querer — de que *algo*, se me entende (eu mesmo não me entendo), resolveu o enigma por mim. Em casa, ansioso com a falta de soluções para os meus problemas, que são ao mesmo tempo os problemas da cidade, com enredos que não atam nem desatam, rabisco de minha parte – por estranho que lhe pareça – versos. São versos de pé quebrado, como se diz, mas me acalmam e equivalem, talvez, aos desenhos de Nina. Poesia, por pior que seja, como a minha, também cria silêncio. Por isso mesmo, talvez apenas eu pudesse contar esta história.

Não sou delegado nem detetive particular, como nos romances de ação, revólver e carro, assim como não creio que esta novela seja exatamente policial. A minha profissão é que é a de soldado da Polícia Militar, patente de tenente, normalmente designado para "ocorrências esdrúxulas na via pública", como tenta brincar o supervisor. À noite, quando posso, faço o curso de Direito, uma ou duas matérias por semestre, em uma faculdade particular na periferia da cidade. Algum dia gostaria de ser juiz, mas esse é um sonho muito, muito distante...

Disse que me coube investigar a ocorrência do bebê, mas de fato eu teria dificuldade de investigar qualquer coisa, fardado daquele jeito. As pessoas, com alguma razão, não gostam de polícia e, portanto, não respondem, ou respondem errado, às perguntas de um policial. Cabia-me, isto sim, auxiliar o investigador de plantão, providenciando provas, testes, documentos, às vezes servindo de sócrates para o responsável.

Sócrates, como você sabe, antes de ser jogador de futebol, foi um filósofo que viveu há milhares de anos e não escreveu uma linha. Mas escreveram sobre ele, contando que chegava à verdade pela conversa com os seus discípulos, numa espécie de exercício de pergunta e resposta que desencavava, na mente do ouvinte e interlocutor, a verdade que ali estivesse adormecida.

Na verdade, digo eu, a minha comparação tem o pé tão quebrado quanto os meus versos, pois eu não servia exatamente de sócrates, mas sim como algo parecido a algum de seus discípulos, ouvindo o pensamento em voz alta do chefe ou do detetive propriamente dito, até que ele gritasse "Heureka", assim mesmo, com *k*, porque essa é uma palavra grega, e saísse molhado e pelado pelo quartel para passar um fax para a imprensa. Só que, como nem eu nem você sabemos o nome de nenhum discípulo do tal Sócrates, digamos, para economizar tempo e recursos verbais, que eu servia de sócrates para os meus parceiros.

Quando designado para o caso do bebê, por exemplo, eu deveria acompanhar o detetive Mattos, da Polícia Civil, conforme estipulado por aquele programa oficial que deveria aproximar as duas corporações policiais do Estado. Eu não acreditava que esse tipo de cooperação desse certo — Mattos, aliás, também não —, mas não nos cabia questionar. Ordens se cumprem ou se desobedecem, mas não se questionam.

Talvez por falta de notícia melhor naquela semana, estava tudo meio parado, esse caso mereceu razoável repercussão na imprensa falada, escrita e televisada, como se dizia. O Disque-Denúncia, criado para receber denúncias, protegidas pelo anonimato, contra assaltantes, traficantes e sequestradores (e que recebia usualmente um respeitável número de trotes e alarmes falsos), ficou entupido de ligações, dezenas de pessoas com uma pista ou sobre o motorista que atropelara o lençol ou sobre a mãe que o abandonara.

Como eu nunca tinha, nessa situação como em outras, muito o que fazer, passava o tempo no quartel datilografando, por minha conta, as mensagens do Disque-Denúncia. Algumas eram engraçadas, outras eram ridículas, havia as patéticas, muito poucas aquelas que talvez se aproveitassem para a investigação em curso. De todo modo, tornou-se para mim um lazer dentro do trabalho colecionar histórias de medo e raiva da população. Uma das mensagens falava de uma menina que desenhara o retrato falado do motorista que atropelou, da mãe que abandonou, e ainda do bebê que não sobrevivera a tanto desamor.

A mensagem era um pouco mais estranha do que outras tantas, uma vez que pulava várias etapas. Fazem-se retratos falados de criminosos quando se tem a testemunha da ocorrência, que era justamente o que faltava ao detetive Mattos, que eu soubesse. Quem tinha visto a mãe deixar o pacote no chão e o carro passar por cima contava o episódio com riqueza de detalhes, como que para se valorizar, mas não tinha visto o rosto do motorista, quanto mais o rosto da suposta mãe, não anotara a placa do veículo e não sabia sequer a marca – importado, talvez.

A voz no telefone era de mulher. Chamava-se Miranda. Passei para Mattos, pelo mesmo telefone, essa e mais duas mensagens, lhe perguntando o que faríamos. Faríamos quem, cara-pálida, ele me respondeu. Faz você; vai lá você na casa da médium infantil, por dúvida das vias.

# O rosto

*o lápis duro*
*o rosto escuro*
*filho do não*

Bem, era esse o tipo de poema que eu fazia. Como já confessei, são versos de pé bem quebrado. Pequenos, três ou cinco linhas, tentando imitar aquelas miniaturas japonesas de plantas a que chamam de *bonsai*.

Esse daí eu escrevi logo depois de bater na máquina a mensagem que contava de Nina. Levei a mensagem comigo no bolso, junto com o poema, e fui visitar o apartamento da dona Miranda, que, como na certa você já deduziu, era a mãe de Nina. Uma senhora simpática, bastante envelhecida, torcendo entre as mãos a toalha de mão.

Depois de me apresentar, fui convidado a entrar, sentar-me na sala e tomar um cafezinho carioca (isto é, fraco; diria mesmo, horrível). Dona Miranda quase ria, nervosa; levou tempo para explicar a mensagem. Antes me contou a história da família, hospital por hospital, e finalmente falou dos desenhos da sua filha. Já contei quase tudo, não preciso repetir. Eu ainda não vira a menina, talvez não se encontrasse em casa. Mas a mãe, no meio do relato e no meio de uma frase, a chamou, esticando o som do *i*: Niiiiná!

Quando ela apareceu, eu quase tomei a toalha de mão das mãos da dona Miranda para que eu pudesse ter o que fazer com as minhas próprias mãos. Não era uma menina, era aquela moça com aquele olhar que a fazia, a meus olhos, tão bonita. Nervoso, levantei-me e me apresentei, esticando o braço para apertar a sua mão. Nina, curiosa, olhou para a minha mão atentamente, sem tomá-la na sua, deixando-me por ridículos segundos com aquele braço estendido no ar.

Dona Miranda, acostumada com os gestos e não gestos da filha, apenas esperou que eu voltasse a me sentar e então pediu que Nina fizesse o mesmo. Obedientemente, ela o fez. Do móvel atrás da mesa a mãe pegou um maço de papéis e começou a me mostrar.

Traços. Curvas. Sombras. Pontilhados, poucos. Ora lápis, ora tinta nanquim. Até que apareceu, à medida que ela ia passando as folhas na minha frente, uma espécie de desenho animado: o traçado de uma rua, o menor número de linhas possível, mas era claramente uma rua calçada com paralelepípedos, depois uma mulher com um embrulho no colo, de novo a mulher, agora mais próxima, como se o desenho pudesse ter uma lente *zoom*, o rosto apenas uma sombra, mais uma vez a mulher com o rosto ainda mais próximo, não mais uma sombra, mas um contorno que se podia reconhecer, de repente um embrulho no paralelepípedo, lençol amarfanhado, à medida que Miranda passava as folhas pareceu-me alucinar o lençol se mexendo, quase ouvi o barulho longínquo de um choro de criança, então o carro no fim da rua, lá em cima da folha, chegando mais perto, um farol claramente maior do que o outro, então numa folha só esse farol, enorme, em outra a placa do carro, enorme, ocupando todo o centro da página, as letras e os números claríssimos, absolutamente nítidos, então um borrão no chão.

Um borrão no chão, na última folha.

*Hipopótamo mata o seu criador. Diretor de zôo francês é atropelado e esmagado pelo gigantesco e pesado animal. Komir, um hipopótamo adulto, matou o diretor do zoológico da cidade de Pessac, perto de Bordeaux, na França, exatamente quando ele o mostrava para os jornalistas. Imprudentemente, o diretor abriu a jaula e falava das novas instalações quando o animal, que ninguém esperava ágil, avançou e passou por cima dele. Senhores, se nossa transmissão fosse em cores, lhes mostraria a impressionante fotografia tirada por um dos jornalistas presentes. Que coisa. Enquanto isso, no nosso estado, a estimativa oficial é de que trezentas mil crianças e adolescentes até 14 anos trabalham, naturalmente sem carteira assinada, e por isso estariam fora da escola. A estimativa oficial não deve estar contando as outras tantas que não trabalham nem estão na escola, provavelmente nem em casa, meninos e meninas de rua.*

O borrão no chão, digo, na folha, era tão forte que me desconcentrei dos desenhos e escutei o som do rádio da cozinha de repente, como se ele estivesse aos berros. Acho que nem havia percebido o aparelho ligado, tendo saído de um trânsito tão barulhento, mas o espanto me obrigou a me surpreender com a voz do locutor para controlar a outra surpresa. Que coisa. Hipopótamo esperto, conseguiu uma bela manchete.

Folheei de novo os desenhos, sem passá-los como se os pudesse animar, e me detive primeiro na placa, anotando os números, mecanicamente. Depois, observei melhor o rosto da mãe que carregava o que me parecia o bebê no lençol. Era familiar, como se já a conhecesse. Fiquei intrigado, puxando pela memória, até que dona Miranda me deixou novamente sem saber o que fazer com as mãos e com a boca, abrindo-a para falar e não saindo o menor som, com medo de pronunciar alguma besteira.

— Eu também fiquei chocada em me ver retratada tão bem, mas numa situação tão, sei lá, tão culpada.

Reconheci de chofre o rosto da mulher que me parecera conhecida, percebendo o modelo que eu acabara de conhecer bem ali na minha frente, a dois palmos de distância. Entendi a situação culpada, e culpada provavelmente em dobro: emprestara o rosto a uma criminosa, a uma infanticida, ou filicida, deve ser esse o termo certo para pôr no relatório, e por causa disso mesmo poderia estar lembrando "o que fiz de errado, meu Deus", frase repetida tantas vezes antes de dormir, querendo entender por que fora punida com aquela filha.

Ou eu estaria me apressando em montar um enredo favorável àquela senhora simpaticamente culpada e à sua filha de olhar tão perturbadoramente bonito, psicanalisando tudo para livrá-las da evidência que elas mesmas ali, em cima da mesa de fórmica, me forneciam? Talvez dona Miranda tivesse tido um segundo filho, temporão, e, para não passar por tudo o que passara com a menina, resolvera, num ato de pura insânia, deixá-lo sobre o paralelepípedo à mercê do tráfego e da violência urbana, acompanhada de longe pela filha muda e perspicaz.

Eu não conseguia ainda articular sequer uma pergunta quando a senhora começou a dizer que ficara primeiro espantadíssima com os desenhos tão bons, pois até aquele dia, isso fora uns dois dias atrás, só via rabiscos e traços e sombras e curvas e tremores mais ou menos escuros. Depois, ficara espantadissíssima por se ver retratada pela própria filha, o que, se por um instante a comoveu, logo a assustou, sentiu-se mesmo ofendida, agredida, afinal de contas ela estava protagonizando a cena que ambas ouviram no rádio, a filha colocava-a no lugar de uma mãe que absurdamente matava o próprio filho, quer dizer, matava ou preparava para que matassem. Daí procurou identificar o rosto do motorista atropelador, pensou que o marido, pai de Nina, ocuparia aquele papel, mas era apenas a sombra de um vulto, não tinha como reconhecer. Triste por ter ficado com toda a carga e ao mesmo tempo contente pela filha a ter retratado, ainda que naquela situação, imaginando-se, com tais emoções contraditórias, um sorvete dentro de um forno quente, Miranda sentiu um espanto ainda maior, ficou espantadississíssima com a placa do carro isolada numa folha, num calafrio teve a mais íntima certeza de que era a placa certa, de que a filha, em casa e ouvindo apenas a notícia do rádio, de algum modo, naquele seu silêncio, sabia, se não quem era a mãe, ao menos a identidade do atropelador através da placa do seu carro.

Ufa! Esse parágrafo foi grande. Dona Miranda também falou muito, dessa vez, e meio atabalhoada, me deixando atrapalhado com aquele superlativo que não tinha mais tamanho e que soaria engraçado se ela não o pronunciasse com o rosto sério, até compungido. Ao mesmo tempo, eu começava a ficar irritado com a sensação de estar perdendo tempo naquele apartamento, escutando uma história sem pé e sem cabeça e anotando um número de placa de automóvel que decerto saíra da fantasia de uma garota mais solitária do que uma coruja branca.

Mas de onde é que me saíra essa imagem de uma coruja branca para comparar com aquela jovem negra, ou mulata, sei lá. Eu já estava ficando perturbado. Os olhos dela me perturbavam, como se fossem olhos... de coruja branca, vá lá que seja. Tentei dizer, com educação, que a senhora deveria convocar de novo os psicólogos, agora que os desenhos tinham mudado de objetivo e de estilo, eles na certa poderiam interpretar melhor do que eu o poderia fazer, afinal sou apenas um policial e, às vezes, um estudante de Direito, mas minhas palavras, se saíam em tom educado, não pareciam sinceras sequer para mim mesmo.

> *Número de acidentes cresce no feriado. O número de acidentes registrados neste feriado da Semana Santa foi maior que no ano passado. De acordo com a 2ª Delegacia da Polícia Rodoviária Federal, das oito horas da última quinta-feira às oito horas desta segunda-feira, foram registrados dezessete acidentes, com um ferido e um morto, na jurisdição da unidade. No ano passado, durante o mesmo feriado, foram notificados quinze casos. A quantidade de feridos, no entanto, foi maior: ano passado, houve cinco feridos e ainda mais dois mortos. Querido ouvinte, parece-nos que este ano até que foi melhor, só teve mais lataria amassada. Mas não percam, na semana que vem estreia, nesta mesma estação, mais uma radionovela mexicana,* O privilégio de amar. *Trata-se do drama de uma filha abandonada pela mãe.*

De algum modo, eu acreditava em Nina – ou naqueles olhos. Eu sabia que ia investigar aquela placa de carro. Era absurdo, não fazia sentido, mas era o que eu tinha de fazer. Despedi-me ao som de uma propaganda de cigarro popular, no rádio da cozinha, dizendo que apesar de não fazer muito sentido eu ia verificar, prometendo voltar não só para contar o que houvesse conseguido como porque eu precisava voltar.

Eu precisava, se não ouvi-la, olhá-la mais uma vez me olhando – ainda que não conseguisse sustentar aquele olhar.

# A placa

*o fio de cabelo*
*segura na ponta*
*o abismo*

Desci as escadas do prédio de Nina e Miranda datilografando na cabeça esses versos. Mentalmente os repassava, modificando aqui e ali, rasgando a folha (virtual) e datilografando de novo e de novo.

*um fio de cabelo branco*
*segura na ponta dos pés*
*o abismo negro*
*daqueles olhos*

Ainda faltava um verso. De toda forma, ao chegar ao quartel, já os tinha de cor, passados a limpo. A primeira coisa que fiz foi datilografá-los de verdade, literalmente. Mattos, felizmente, nem havia me ligado. Eu podia investigar o número daquela placa sem que ele me chamasse de impressionável, supersticioso, espírita, umbandista, ou coisa pior: imbecil, burro, idiota.

A investigação não foi tão fácil quanto talvez devesse ser. O telefone não completava, o computador não funcionava, o banco de dados não acessava. Depois de algumas horas, finalmente consegui descobrir a que carro pertencia aquela placa "anotada", assim mesmo, entre aspas, por aquela Nina. Deixei de atender, obcecado com o problema, duas ou três ligações do meu parceiro, que deveria estar chegando na hora em que eu anotava num papel os dados.

Para minha surpresa, existia de fato um carro com aquela placa, o carro era mesmo da cidade, e o seu proprietário era uma proprietária; tratava-se de um Chevette cinza ano 81 (qual foi a testemunha que delirou imaginando ter visto um carro importado?).

Mattos então me perguntaria, se estivesse ali, com a educação que lhe era peculiar, mas que merda de carro é esse. Eu responderia que talvez fosse o veículo responsável pelo atropelamento do lençol. Só não diria a minha fonte, nem o colega teria perguntado: costumamos proteger a origem das nossas informações — e essa eu tinha de proteger mesmo, para não cair no ridículo total. Na verdade, Mattos saberia, assim como eu estaria sabendo que ele sabia, que eu tinha ido procurar a tal "médium infantil", como a chamara, e provavelmente devia estar suspeitando de que a informação saíra daquela toca de coelho, mas não falaria nada, apenas franziria as sobrancelhas.

Como ele, de fato, nem apareceu, certamente ocupado com caso mais grave, dirigi-me sozinho para o endereço que eu anotara, bem dentro do subúrbio. Em uma rua mínima encontrei, na frente de uma casa pequena, estacionado com as quatro rodas em cima da calçada, o Chevette. Segundo o novo código nacional de trânsito, tratava-se de uma infração, mas não era por isso que estávamos ali (eu e a sombra do Mattos), e não íamos nos preocupar com multas.

De certo modo, vamos parar com essa brincadeira, foi melhor que o meu companheiro não estivesse mesmo ali: Mattos ficaria sem dúvida irritado, achando uma total perda de tempo da polícia procurar alguém que havia passado por cima de um lençol largado sem saber que ali debaixo havia um bebê igualmente abandonado e amarfanhado. Porra, ele protestaria, no seu refinado vocabulário, para que precisa estragar a vida de uma pessoa lhe dando de presente uma culpa desnecessária?

Ele teria razão. Eu também estava incomodado com aquela investigação esdrúxula, mas era maior a minha curiosidade por saber se o desenho de Nina estava certo. Tocamos, quer dizer, toquei a campainha e aguardei um pouco, até aparecer a dona da casa. O incômodo, é claro, aumentou.

A moça que me atendeu teria uns 30 anos de idade e estava com um bebê de menos de 6 meses no colo. Ela me recebeu com um sorriso cansado, que logo se tornou preocupado assim que pôs os olhos no uniforme. Entrei gaguejando, sem saber direito como começar ou o que perguntar. O meu colega, com cara de pouquíssimos amigos para disfarçar o constrangimento, deveria parecer o polícia

mau e assustar mais ainda a moça, obrigando-me a fazer o papel do bonzinho, sorrindo amarelo e fazendo as perguntas – mas, como ele não tinha vindo, eu não sabia fazer os dois papéis e me atrapalhava um pouco.

Por favor, não se assuste, é só uma visita de rotina (desde quando polícia faz visita de rotina?); o carro que está estacionado na calçada é seu? (sim, é, desculpe ter estacionado em cima da calçada, nossa rua é muito pequena, faço isso para não atrapalhar os outros moradores, sei que não está certo, mas não pensei que causasse problema, que atrapalhasse os pedestres, que vocês fossem aparecer logo aqui na minha rua); não, calma, minha senhora, não sou guarda de trânsito, não estou preocupado com isto (não?; então o que eu fiz de errado, por favor, por que o senhor está aqui?); calma, minha senhora, já vou explicar, como lhe disse, é rotina, pode me dizer quantas pessoas moram aqui, quem mais dirige o veículo (moramos eu e minha filha, só nós duas, ela tem 4 meses, é claro que só eu dirijo o carro, preciso dele, foi a única coisa que o pai dela nos deixou antes de sumir, nenhuma notícia, eu trabalho, levo ela para a creche, ou ao pediatra, tudo é longe, que posso fazer); certo, madame, não se aflija, só queremos saber se a senhora passou dirigindo o seu carro na avenida Perimetral na segunda-feira às seis horas e trinta minutos da manhã.

– Por quê?

Ela perguntou, depois de uns dois segundos de silêncio. O que eu podia dizer? No improviso, inventei a mentira mais amalucada que me ocorreu: não, não aconteceu nada, estamos fazendo uma pesquisa sobre o fluxo dos carros naquela região para sugerir mudanças na fiscalização viária.

Droga, eu podia ter mentido um pouquinho melhor, com o mínimo de competência e verossimilhança. Isso obviamente fazia sentido nenhum e ela percebeu, mas respondeu devagar, com a voz um pouco mais baixa e apertando no colo a menina: sim, é meu trajeto diário, nesse horário mesmo, a creche fica lá; volto para pegar a Mariana às três da tarde. Mas é isso mesmo que o senhor quer saber?

Resolvi num repente incorporar o Mattos e responder de chofre, já estendendo o braço para apertar a mão da moça e me levantando para abrir a porta: sim, é só isso mesmo, muito agradecido por sua informação, esperamos que as futuras melhorias viárias facilitem o trânsito naquela avenida e diminuam o seu tempo de deslocamento para que a senhora tenha mais tempo de ficar com a sua filha, passar bem, muito obrigado.

E eu fui embora mais rápido do que chegara, aliviado com a saída brusca pela tangente e deixando a mãe da Mariana com a boca um pouco aberta e, decerto, um monte de pulgas atrás da orelha. Vim caminhando em silêncio até o ponto do ônibus enquanto imaginava que o Mattos, se estivesse ali comigo, teria uma de suas explosões habituais, usando as palavras que lhe eram confortáveis: merda, cacete, legal, pode ter sido ela, mas e daí, e como é que a gente poderia provar, e para que provar, a vida dela não é complicada o suficiente?

Ainda me perguntaria, ácido, por que você não perguntou se ela, sem querer, digamos, inadvertidamente (acho que ele não usaria esse advérbio), não teria passado por cima de um lençol embolado e aí ela se lembraria que, sim, passei, reparei muito em cima, até pensei, quem deixaria um lençol na rua, deve ter caído do carro de uma lavanderia, foi isso mesmo? Não, não foi, tinha um bebê igual ao seu lá embaixo.

Mattos é fogo (para não dizer aquela outra palavra, que é do vocabulário dele, não do meu). Perdi eu o fôlego e as minhas palavras, pensando naquela situação. Queria dizer para ele que é claro que eu não ia perguntar nada, bastava saber que podia ter sido ela, eu estava menos interessado na motorista do Chevette que atropelara o lençol do que nos desenhos da Nina, como ela soubera de casa a placa daquele carro apenas escutando a notícia pelo rádio, mas não consegui falar nada, pensando no rosto dessa mãe solteira quando entendesse o que tinha feito absolutamente sem querer e sem perceber, se é que foi ela – mas Mattos não estava ali.

# Água oxigenada

Na delegacia, quando passei para procurar o meu parceiro, ele ainda não havia chegado, percebi um princípio de tumulto, alguns repórteres e fotógrafos, e os chamados populares.

Sentada ao lado do delegado que falava com a imprensa, uma menina branca, seus 15 anos de idade, os cabelos pintados de louro muito claro, bem cacheados, escondia o rosto. Olhando de perto, ela soluçava baixinho mas sem parar, a barriga dando pequenos saltos e os pés apertando-se no chão, um em cima do outro.

Era a mãe do bebê do lençol. O repórter telefonava para a rádio transmitindo a notícia que seria gravada e retransmitida nos próximos minutos para, entre outros lares, a casa de Nina.

*E atenção, atenção, notícia de última hora: acaba de se entregar à polícia a mãe que abandonou o bebê atropelado. Acusada de assassinar a própria filha nascida poucas horas antes, a menor E. N. S., 16 anos de idade, encontra-se detida na 35ª DP, aguardan-*

*do transferência para o Juizado de Menores. No seu depoimento, E. N. S. contou que trabalhava como doméstica numa casa de família e engravidou sem saber como nem por quê. Para surpresa dos policiais, ela afirma que sabe o que é uma relação sexual e que nunca teve uma relação sexual com ninguém – muito menos com o seu pai, a menina completou, entre fortes soluços, respondendo a uma pergunta nossa. Na verdade, queríamos perguntar "nem mesmo com o seu patrão", mas antes mesmo de falarmos a palavra* patrão *E. N. S. lembrou-se de proteger o próprio pai, o que acabou por tornar o próprio pai também suspeito, quiçá conivente. Depois disso, parando de soluçar e abaixando a cabeça, a menina passou a repetir "morrer, morrer, morrer", "eu quero morrer", "morrer, morrer, morrer".*

Do meu lado (se estivesse ali), Mattos na certa estaria se controlando para não dar uma porrada (novamente, perdão pelo vocabulário, mas o contexto não autoriza sinônimo menos vulgar) no repórter que transmitia, parecendo quase eufórico, a notícia para a sua estação de rádio. Por isso, quando o valoroso representante da nossa imprensa falada deu dois passos para se pôr de novo perto do delegado e da menina, eu o interrompi antes do terceiro passo colocando a ponta do meu pé na frente – e ele, então, como seria previsível, estabacou-se de testa e telefone no chão.

Naturalmente, ajudei-o a levantar-se, arrumei suas roupas, pedi desculpas, etecétera. Todos nós somos bem treinados a auxiliar o trabalho da imprensa, até porque, com as suas denúncias e críticas procedentes, ela ajuda, e muito, o nosso próprio trabalho.

# Poema

*um fio de cabelo branco*
*segura na ponta dos pés*
*o abismo no olho do farol*

Não faltava um verso, sobrava. Três versos seriam suficientes, e eis o poema pronto. Às vezes é preciso não acrescentar, mas cortar – tanto faz se versos, fatos, frases, gestos. Um mímico não pode reproduzir todos os gestos que fazemos para, por exemplo, abrirmos uma porta com a chave, sob pena de passar para os distintos espectadores apenas a representação de um sujeito ou muito nervoso ou muito desajeitado. Ele precisa enxugar a realidade para passar... a realidade.

Com essas considerações estéticas, que, admito, não eram precisamente úteis para a minha profissão, voltei ao quartel. Precisava fazer um longo relatório das diligências para encontrar o motorista atropelador. Como na maioria dos relatórios, valorizaria o empenho em resolver o caso para melhor disfarçar a circunstância menos agradável de não ter resolvido o caso.

É verdade que chegara muito perto. É verdade que, com as perguntas e a pressão certa, teria bem provavelmente tido a certeza de que a mãe da outra menina, a dona do velho Chevette, seria a cruel criminosa – ou que não seria. Mas senti, quiçá graças à sombra do Mattos, a necessidade absoluta de dar um passo atrás (de datilografar um verso a menos, se me entende). Permaneciam, porém, como um problema, as pulgas – aquelas que deixara coçando atrás da orelha da mãe da Mariana.

Concluído o meu relatório em onze laudas sem rasuras – meu capricho é conhecido, quase não uso corretor ortográfico (muito menos computador, se os dois que existem no quartel não pousam na minha mesa) –, liguei novamente o rádio para escutar as notícias e inspirar a minha poesia.

> *Assaltantes causam duas horas de pânico no bairro: chuva de balas na vizinhança. Tráfico caça a gangue da bicicleta. Polícia prende falsa empregada que roubava em prédios de luxo. Humorista é vítima do golpe do celular.*

Uma atrás da outra, caramba. Não tem refresco. Só não entendi como um tiroteio de duas horas de duração em pleno dia naquelas ruas movimentadas não fez nenhuma vítima, sequer um ferido. Igualmente, ninguém foi preso. Não que eu quisesse ver, ler, ou ouvir sangue, mas é que a gente que trabalha no ramo e conhece a pontaria dos bandidos e, bem, da polícia também, sabe que as balas perdidas acabam achando alguém no caminho. Vá lá que seja, terá sido um dia de sorte. Ou talvez o programa de rádio tenha exagerado um pouco no tempo do tiroteio ou na pluviometria da chuva de chumbo que caiu por lá.

A gangue da bicicleta é aquela que tem assaltado os transeuntes que compram nos camelôs de rua, batendo carteiras e bolsas e às vezes alguma mercadoria junto e saindo em disparada. Em geral, agem em dupla, um a pé e o outro, como dizem, no "camelo". O que está a pé, digamos, a infantaria, faz o primeiro assalto, literalmente, e depois corre até encontrar com aquele que já vem correndo com a bicicleta rente ao meio-fio – digamos, a cavalaria –, passa o produto e cada um corre então para um lado, confundindo os camelôs, os fregueses e os poucos guardas barrigudos que apitam como loucos para parecerem que estão fazendo muita coisa.

Por que logo o tráfico organizado resolveu caçar essa gangue e dar uma de polícia? Obviamente, porque um negócio está atrapalhando o outro. Lembro-me daquela vez em que fizeram um arrastão nas lojas da praça Central, e o mesmo tráfico, muito antes da gente, capturou os bandidos, tudo adolescente metido a macho, e furou a mão direita de cada um com um tiro de calibre 22, avisando que na próxima era 38 e entre as pernas.

Quem disse que bandido não tem lei? Não só eles têm as suas próprias leis como elas são muito mais rígidas do que as da dita sociedade civil e organizada. Adaptando o velho "olho por olho, dente por dente", furam a mão de quem rouba e castram quem estupra, para exemplo apenas didático, naturalmente que no seu território. Isso não significa que são por princípio contra roubos e violações de mulheres indefesas, mas apenas que: aqui não.

As outras notícias não merecem muito comentário, apesar de que talvez tivesse sido engraçada a história do humorista que caiu no conto do vigário. Infelizmente, a rádio não me deu mais detalhes, ocupada com notícia mais quente.

> *PMs são reconhecidos. Mulher identifica policiais acusados de abuso sexual. Após um mês de investigação, a Corregedoria da Polícia Militar determinou ontem a prisão de três policiais do 15º BPM, sob acusação de atentado violento ao pudor. Filmes de hoje na televisão: no canal 13,* Alvo mortal*; no canal 4,* Marcado para a morte*; no canal 7,* Loucos pelo perigo*; finalmente, no canal 2,* O inocente.

Uóps, esses daí são colegas. Ainda bem que o batalhão não é o mesmo. O que será "atentado violento ao pudor"? Falar um palavrão mais cabeludo em voz mais alta para uma testemunha evangélica? Creio que não deve ser tão simples. Como não é simples trabalhar e lutar contra o mal sem absorver, aos poucos e pedaço por pedaço, seu tanto de mal.

Não é desculpa, sei. Nem atenuante, ao contrário: agrava. Deveríamos nós saber contra o que lutamos, conhecer melhor, por dentro e multiplicado diariamente, o sofrimento das vítimas. Mas: o mundo não é redondo. E apenas um ser humano é capaz de fazer aquilo que ele mesmo chama de desumano.

Se eu continuar a pensar, largo tudo. Largo a farda. De algum jeito, por alguma razão, no entanto, continuar e resistir é preciso. Insisto, então, na minha mania, inútil e necessária como toda mania, de colecionar essas histórias e essas notícias, passando-as para o papel. Quem sabe, algum dia eu escreva um livro, justifico-me para mim mesmo.

Bobagem. Não sei escrever bem, e, mesmo que soubesse, quem leria o livro de um soldado, ainda que com patente de tenente, isto é, ainda que a rima fosse rica? Junto essa papelada é para mim mesmo, como os versos que faço e que ainda não mostrara a ninguém até...

Esse é outro assunto. Poesia é sempre outro assunto. Bato à máquina meus relatórios, meus poemas e "minhas" notícias porque assim me sinto um pianista silencioso, ainda que as teclas façam um barulho infernal, compondo uma sonata interminável de uma nota só justamente para não terminar.

Para continuar.

# Pensamento

Volto à noite para a minha casa, se posso chamar aquela quitinete de "casa", pensando em Nina. Penso que ela estaria também pensando em mim.

É difícil imaginar o pensamento de uma pessoa muda e que nem é surda. Não sei se pensa com palavras, como a gente, se pensa com imagens, como se sonhasse, ou se pensa de outro jeito, impensável. Então penso que ela estaria pensando o que eu gostaria que ela pensasse.

Não pensa que aquele policial que foi à sua casa era bonito (de fato, não sou), porque sua noção de beleza difere da média das pessoas. O que se chama de bonito, ou de beleza visual, é construído menos com imagens do que com palavras, frases, exclamações. Como não teria as palavras, as frases, as exclamações, Nina de verdade veria o que não olharíamos, cegos pelos significados – por estranho que isso pareça.

Veria, por exemplo, com aquela maneira intensa de olhar que os que falam já perderam, o meu próprio olhar, esse espelho d'alma, segundo os antigos. Não enxergaria exatamente um homem forte, porque aos fortes admiramos ou tememos – mas não amamos. Não perceberia, em consequência, nenhum herói, apesar do uniforme. E, também a despeito do uniforme, não me acharia um bandido, mesmo que o vulgo diga, às vezes com um pouco de razão, que "polícia e bandido é tudo a mesma coisa".

Eu seria, talvez, e apenas, um homem – ou o homem. Aquele que chega a cavalo, mesmo quando vem a pé; que traz a espada embainhada, mesmo quando deixa as mãos no bolso, sem saber o que fazer com elas; que mata o dragão, mesmo se tão somente aciona o interruptor para acender a luz e afastar o medo do escuro; com quem se viverá feliz para sempre, mesmo que "para sempre" seja um dia interrompido pela viagem, pela separação ou pela morte.

Eu seria aquele que, não importa o que tenha feito, veste como armadura as melhores possibilidades – com quem se poderá dormir junto, encostado, quase no colo, sem se sentir invadida ou afogada. Aquele que, não se sabe bem por que, saberá prover, falar, calar, aguardar e, principalmente, abraçar. Assim, exatamente como um cavalheiro às antigas, porque o desejo é sempre muito antigo – tem a idade do que não lembramos.

De olhos molhados, me sinto ridículo mas, ao mesmo tempo, aliviado. Nina, que não fala, não contará para ninguém como me viu. Eu, que não falo de mim, também não contarei para ninguém o que desejo que ela pense de mim. Você é minha gaveta e portanto tão muda quanto uma porta ou, quiçá, quanto Nina. Então, fica calada e fechadinha aí, que eu ainda não acabei de escrever – depois você lê (e mais ninguém).

Tudo bem. De repente, quero que ela me ame. Que uma menina linda como uma necessidade me ame, ainda que muda e escondida do mundo – ou precisamente porque muda e escondida do mundo? Sem palavras, poderemos ficar juntos? Como enxergou de casa a placa do carro que atropelou o lençol, enxergará essa garota o meu futuro?

Desejo-a assim de repente porque para ela, que não fala, não estuda e não trabalha, posso posar de herói antigo, montado no cavalo branco de Napoleão a conquistar o subúrbio? Posso mandar e desmandar, cometer ene pecados veniais, até mesmo trair sem abandonar, porque ela não poderá nunca reclamar? Serei sempre, na sua fantasia, um uniforme protetor, independentemente do que eu faça daí em diante com o recheio?

Também. Merda (desculpe), é também isso. A gente, que escreve para ninguém, imagina intensamente esses enredos mirabolantes, em boa parte por medo de viver, por medo de ser intenso do lado de fora do seu quarto, longe das escrivaninhas. Pelo medo de me machucar. Tenho tanto medo de me machucar que virei polícia militar e ando armado, vá entender.

Talvez, nessa fantasia toda sobre o que ela estaria fantasiando a meu respeito, eu esteja sim disfarçando uma identificação. Identifico-me com o silêncio dela, invejo-a por ter sabido se manter à parte não somente das instituições e das pessoas, como das palavras, essas malditas palavras que separam e que nunca dizem o que queremos dizer: ou falam de menos ou falam de mais, e não nos entendem ou entendem outra coisa que nunca dissemos, que nunca queríamos ter dito.

Quando, onde, como poderei vê-la de novo? Contar-lhe o que conseguimos, ou melhor, não conseguimos com os seus desenhos faz sentido? Ela escutará ou estará alheada, em algum mundo interior? A mãe: ficará contente pela atenção que dedicamos à filha, ou terá medo da polícia, arrependida do telefonema que dera?

Não consigo decidir. Quero tanto vê-la outra vez que acho que não vou me mexer, esperando ansioso novo telefonema ou um novo caso que precise dos seus olhos. Nesse vai e vem, vou, não vou, bem me quer mal me quer, durmo.

E sonho que sou um apresentador de televisão demitido por causa da minha timidez incurável. Arranjo emprego como locutor de rádio "vinte e quatro horas de notícia", quando me alegro porque posso entrar, como uma voz, na casa de uma mulher que não fala e que é linda e que fica desenhando o rosto daquela voz.

# Pedro e Maria

*entre meus dedos*
*o bico de um seio*

*basta isso*

No batalhão, rabisquei esse poema detrás de um relatório e ele pareceu ficar pronto de primeira. Só não surgiu tão de prima o título. Pensei imediatamente em "Nina", mas não; muito bandeiroso, até mesmo ofensivo. Mesmo que eu não lhe entregasse – claro que eu não mostraria para ela! –, pareceria ou uma cantada direta por demais, ou uma investida medrosa, parando no bico do seio.

Nenhum colega podia ver uma coisa dessas, imagina a gozação. Mas, se não "Nina", que título eu poderia dar ao meu pequeno e, àquela hora me parecia, perfeito poema? Enquanto matutava, escutava o rádio naquela estação, pensando no sonho da noite anterior e como ela e sua mãe estariam escutando as notícias.

*Entregou-se ontem à polícia a mãe que abandonou o bebê atropelado. Acusada de assassinar a própria filha, nascida poucas horas antes, a menor E. N. S., 16 anos de idade, foi transferida hoje da 35ª DP para o Juizado de Menores. E. N. S. trabalhava como doméstica e diz ter engravidado sem saber por quê. A jovem afirmou saber o que é uma relação sexual, insistindo que nunca teve uma relação sexual. Quando a nossa reportagem ia lhe perguntar "nem mesmo com o seu patrão", antes mesmo de falarmos a palavra* patrão *E. N. S. lembrou-se de proteger o próprio pai, o que tornou o pai suspeito, quiçá conivente. A polícia dedica-se agora a procurar o pai da menina, que se encontra foragido. Ontem, a cabeça baixa, na delegacia, a menina repetia "morrer, morrer, morrer", "eu quero morrer, morrer, morrer, morrer".*

Pelo visto, eles gostaram da notícia e também a repetem, como um refrão. Desgraça pouca, como se diz, é bobagem. É preciso ampliar, magnificar, da dor alheia montar um espetáculo. O *show* precisa continuar. Como diz o outro poeta, "a paisagem parece um cenário de teatro" e todos passam indiferentes, como se fosse a vida ela mesma. O diretor da cena grita NÃO OLHEM PARA A CÂMERA!!, e nós, é claro, não olhamos. Mesmo o cachorro que atravessa a rua e que deveria parecer faminto faz pose e tem um jeito calmo de animal que descansa, satisfeito com os restos que teria recebido do açougue. Ah, os homens são grandes artistas, assim como o cachorro é um grande artista. E João Cabral, autor desses versos, emudece como Nina.

Como estará a mãe de Mariana, sozinha com a filha e a sensação estranha que lhe deixei, quando estive na sua casa?

*Uma semana de cão para vítima de* pit bull. *Irmão de balconista mordido morre atropelado. A semana de Alexandre Souza Santos, 30 anos, atacado na noite de terça-feira por um* pit bull *e um* american staffordshire terrier, *no Centro, ao mesmo tempo, é digna de ser esquecida. Dois dias depois, seu irmão Alex de Souza Santos, 20 anos de idade, morreu atropelado por uma motocicleta em disparada quando voltava com Alexandre da veterinária, perdão, da clínica. O motociclista, um entregador de* pizzas, *fugiu do local da ocorrência, deixando o seu veículo todo arrebentado na calçada – a encomenda que transportava não foi encontrada. Enquanto isso, na cidade do Rio de Janeiro, a Cinelândia fica sem os seus cinemas. A praça da Cinelândia, tradicional centro propagador de cultura daquela cidade maravilhosa, como nos conta o nosso correspondente especial, está infelizmente perdendo aqueles que um dia justificaram seu famoso nome, ou seja, seus cinemas. Substituem-nos, pelo menos, templos de igrejas evangélicas, preocupadas em evangelizar os frequentadores do local, notoriamente pouco dados, se podemos dizer assim, ao convívio com o divino.*

Mundo cão. Mundo sem cãezinhos, todas feras que se entredevoram enquanto nos observam de esguelha, pelo alto-falante do aparelho de rádio. E eu aqui faço poesia, como que pedindo licença por existir e escrever. Hum, este não é um bom dia, estou mais amargo do que o normal.

Mattos ainda não me ligou. Também ainda não decidi se ligo ou se não ligo para a mãe de Nina, marcando um encontro para a tarde. Um encontro, que ridículo. Marcando apenas uma visita para contar o que fizemos com o desenho e que a sua filha, de algum modo, não se sabe como, estava certa: testemunhou um atropelamento sem estar presente, apenas por ouvir no rádio o noticiário.

O locutor da manhã se empolga.

*E atenção, atenção, senhoras e senhores, mais um crime na favela, mas com surpreendentes ingredientes de romance e literatura. É a vida que imita a arte! Tudo aconteceu já noite avançada na maior favela da cidade, em um dos barracos mais pobres e mais altos do morro. Um homem magro, pedreiro, chamado Pedro, matou, com vinte e sete facadas, a sua mulher. Ela se chamava, no adequado pretérito imperfeito, Maria. Parece que era também bastante magra. O assassino se deixou ficar no local do crime, ao lado da mulher morta, sendo preso sem resistência. Segundo suas únicas palavras, ele a matou quando ela dormia porque sua Maria, deitada de lado, lhe fez uma pergunta durante o sono: "Pedro, por que é que você deixa ele me abraçar assim?". Meu Deus, morta por causa de um sonho mau, ou bom, como se pode saber, só se pode saber que ela morreu antes de acordar e poder contar, se contasse. Se lembrasse.*

Naturalmente, dupliquei a atenção quando o locutor se referiu aos "surpreendentes ingredientes de romance e literatura". A vida imita a arte ou, como pensa aquele cineasta, imita apenas maus programas de televisão? Esse crime parecia de fato diferente dos outros, ainda que todo crime passional tivesse seu componente de pesadelo acordado, de neblina na frente dos olhos, de pavor de ser abandonado e então a faca, ou o revólver, ou as próprias mãos enforcando um pescoço nu, o que for.

Mas ali precisamente vinte e sete facadas. A frase que seu Pedro, nem por acaso pedreiro, repetia infinitas vezes, talvez vinte e sete vezes vinte e sete vezes, setecentas e vinte e nove ao todo, no trajeto de casa para a delegacia, no camburão: "Pedro, por que é que você deixa ele me abraçar assim?".

Certo, o locutor não disse isso, ninguém tomou nota dos murmúrios de Pedro falando sozinho dentro da caçapa escura, escuríssima, da viatura policial, quanto mais contar o número de vezes em que ele supostamente teria repetido a frase do sonho da mulher agora morta. Que posso fazer, embarquei na história, nos ingredientes de romance e literatura, supondo por minha conta e risco seu desdobramento dramático, se nada podia ser mais dramático do que o gesto de ciúme desse pedreiro — ciúme de um sonho, ou de um outro homem que ali estivesse com sua mulher no sonho, sem forma, sem rosto, mas com ela, abraçando-a com a absurda autorização dele.

Desliguei o rádio e fiquei pensando em Pedro. Em Maria. Em Nina; o que ela teria desenhado ao escutar essa notícia. Não conseguia sequer ficar sentado, rabiscando ou datilografando aqueles versos de pé quebrado. Andava de um lado para outro na sala, entre meus dedos um mistério de amor e morte e sonho, que não se bastava. Não bastava.

Precisava fazer alguma coisa. Mattos não me ligava. Ligar para ele, nem pensar. Só me diria: tá maluco? O caso está resolvido, não tem caso. O sujeito matou, se entregou, vai mofar na cadeia porque não é bandido, é marido traído. Mas ele nem foi traído, ela estava sonhando!, eu exclamaria, tentando explicar o óbvio. E daí, Mattos me responde. E daí. Corno do mestre de obras, corno do primo, corno de um fantasma, corno de um sonho, para ele tanto fez como tanto faria, matou, esfaqueou, pronto, lavou com sangue a honra de macho pobre e nordestino, aliás sangue p'ra cacete. Como é que você sabe que ele era nordestino, eu perguntaria, e Mattos me responderia: fui eu que o prendi, ô imbecil. O cara tem cara, tem sotaque, tem jeito de nordestino, é cabra da peste como a peste, dançou. Não aguentou a cidade.

Não aguentou a cidade, reforçaria o detetive, enquanto soltasse uma baforada do cigarro para o lado de fora da janela.

Na verdade, nós não nos ligamos, Mattos não apareceu, não falou nada sobre a prisão de Pedro, certamente não foi ele quem o prendeu. Mas eu tenho de conversar com o seu fantasma, se não com quem que eu falaria?

*entre seus dedos*
*a ponta da faca*
*aponta o abraço:*

*como é que você deixa*
*ele te abraçar assim*

Enfim; cinco versos. Quebrados, mas versos — e meus. Refaço aqueles e agora há outro poema rabiscado nessa mesa. Não sei o que fazer, faço um poema — como dizem, poesia serve p'ra nada. Sinto-me, entretanto, um pouco culpado por me apropriar da desdita de Pedro dessa forma — literária. Aliás, *desdita* realmente é uma palavra literária, gente de verdade não fala assim. Tudo bem, agora já foi, não tenho tempo de corrigir.

Preciso sair.

# Silva

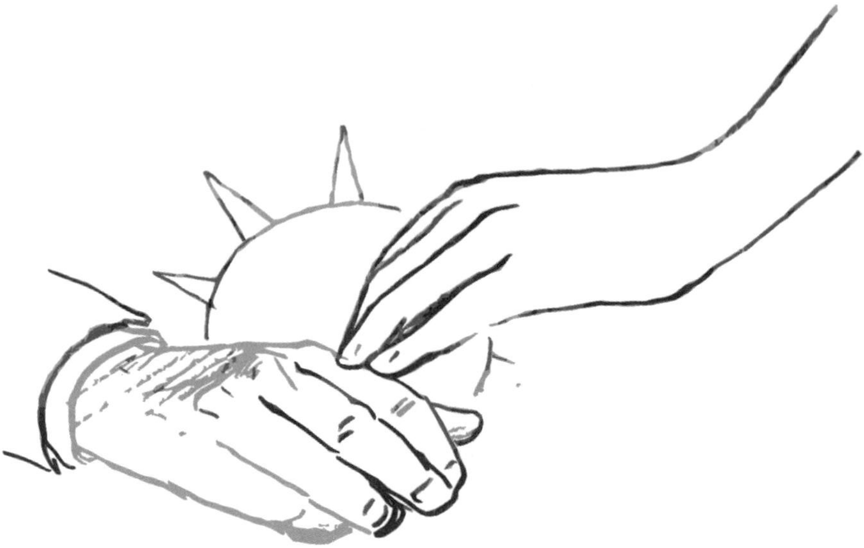

*o silêncio tem uma porta*
*que se abre*
*para um silêncio maior:*

*antecâmara do último,*
*que anuncia outro depois.*

Esse poema aí não é meu, apresso-me a confessar. Era muito bom para ser verdade, sei. Quem o escreveu foi uma mulher, uma senhora grega que nasceu e mora em São Paulo, chamada Dora Ferreira da Silva.

Madame Silva parece que, sem conhecer Nina, intuiu direitinho o mundo dela. São silêncios dentro de silêncios. Portas que se abrem, sem ruído, para outras portas. Pensava nisso em frente à porta do apartamento da minha médium do subúrbio, como ironizaria o Mattos – que, é claro, não foi comigo. Pensava tanto que estranhei quando uma vizinha do mesmo andar e corredor abriu por sua vez a sua porta e ficou olhando para mim, até perceber que eu não havia tocado a campainha.

— Polícia. Desculpe. Campainha. Tudo bem. Bom dia.

Depois dessas palavras, que uma depois da outra faziam pouco sentido, e naturalmente depois de eu ter enfim batido na porta, a campainha estava enguiçada, a vizinha afinal se recolheu e a mãe de Nina me atendeu.

— Ela estava esperando o senhor.

Surpreendentemente, não me surpreendi. Era como se fosse lógico que Nina estivesse me esperando e ainda por cima com um desenho pronto. Na mesa da sala, sentada, um papel tamanho grande estendido à sua frente, ela me olhava e sorria. Não era um sorriso largo, mas me pareceu, àquela hora, naquela luz que vinha da janela, um sorriso profundo.

A profundidade, tantas vezes, não passa de uma ilusão da perspectiva. Um logro ótico. Devia ser esse o caso, mas a ilusão tão agradável... Ela não me estendeu a mão ou o rosto, apenas esticou o braço sobre a mesa apontando-me a cadeira à sua frente. Sentei-me e ela me mostrou o papel.

Em branco. O sorriso continuava no seu rosto e o papel permanecia branco.

Devo ter feito uma cara de muito desapontado, quiçá de choro, porque Nina então arregalou os olhos e me encarou mais fundo ainda que pelo sorriso. Com o braço ainda esticado, a ponta dos seus dedos tocava a minha mão, que ficou toda arrepiada. Não pegava bem, eu era um homem, e polícia, ainda por cima — arrepiado. Reagi buscando nos escaninhos do uniforme a máscara mais cínica que eu tivesse para pôr na cara e me endurecer — mas nessa a ternura se perdeu no mesmo buraco e ela se assustou p'ra valer, puxando a mão e a levando ao próprio rosto, o que por sua vez me apavorou de culpa e eu estiquei o meu braço na sua direção.

Meu movimento parou no meio do caminho. Tudo isso aconteceu em menos de um segundo, e de repente lá estávamos nós dois de estátua, o meu braço paralisado no ar, a mão dela paralisada no rosto, o silêncio congelado na sala de jantar. A mãe, constrangida, torceu a toalha e saiu andando de costas, "vou passar um café para o senhor".

Não nos viramos para ela, mas, pelo menos, descongelamos. Eu não sabia o que falar e também não sentia que precisasse falar alguma coisa. Nina abaixou os olhos, pegou um lápis grosso e começou a desenhar. Sem levantar os olhos, passava o lápis no papel com força, quase rasgando, arrumando sombras. Concentrada, fazia rapidamente vários traços, o lápis ora em pé, ora inclinado, de todos os jeitos para todos os lados, de repente parava, o lápis no ar, ficava observando, virando o papel, os olhos, a cabeça, e então voltava de repente e rapidamente a passar o lápis, a buscar as sombras, a inventar do nada uma luz. Depois, aqui, ali, a tinta.

Extasiado, percebia que a minha artista trabalhava sem que lhe tremesse a mão. Não marcava as bordas da figura que estivesse tentando desenhar, mas ressaltava os pormenores para fazer surgir o conjunto, ao contrário do que eu imaginaria que se devesse desenhar. Sem palavras, ela me ensinava que o corpo humano não acaba em linhas, simplesmente porque não existem linhas na natureza. Em duas dimensões, Nina parecia esculpir e não desenhar.

Era como se eu visse um desenho nascer para entender que, a rigor, o desenho não existe. Nina, ao desenhar, parecia modelar tão somente sombras. Com as sombras, como que arrancava o seu objetivo do meio em que se encontrasse. Escurecendo o papel, inventava a luz e só então um corpo.

A mãe, sentada no sofá, nos olhava, preocupada. A toalha, no colo. A meu lado, uma xícara de café frio. Não sei quanto tempo se passou.

À minha frente, alguém estendido no chão de um barraco. Parecia vivo, mas estava morto. A poça de sangue; os rios de seiva e nanquim no vestido de chita pobre, eu os via vermelhos, escuros, líquidos, embora já devessem estar secos e tivessem sido traçados com o lápis e encorpados com o nanquim.

Os olhos, abertos. Maria falava ainda, através daqueles olhos: "Pedro, por que é que você deixa ele me abraçar assim?".

Quem é "ele", eu perguntava — como se não pudesse deixar de ser soldado, como se o soldado tivesse resolvido caçar um sonho de uma mulher que ele não conhecera e que já morrera, e como se Nina pudesse entender a minha pergunta.

Os olhos dela, castanhos, ficavam mais claros, parecendo que tinham me entendido e que diziam "sim". Pegava um outro papel e voltava a desenhar.

# O grito

*o grito silva*
*eu o queria espalhado*
*nas artérias da cultura*

Esse poema, eu o cometi há muito tempo, provavelmente quando ainda me encontrava no ginásio e acreditava que os meus hormônios um dia fariam uma revolução. Estava enterrado lá no fundo.

Desenterrei-o depois do impacto do segundo desenho de Nina. Ele me trouxe de volta a um sonho, só que o meu mesmo. Das sombras do seu traço vi surgir, naquela sala, um pequeno cemitério, com duas lápides de cimento sem nenhuma inscrição ao fundo e, no primeiro plano, uma cruz de madeira inclinada e enterrada diretamente na terra. Só não se poderia considerar um túmulo de indigente porque havia um nome.

Do lado da cruz, uma planta baixa de folhas gordas. Em volta da cruz, um fio de arame farpado, na verdade dando duas voltas e abraçando-a, como uma bandana ou uma tiara na fronte, lembrando aquele que nos persegue há exatos dois mil anos com sua coroa de espinhos na cabeça.

As madeiras que montavam a cruz terminavam em ponta – seriam talvez pedaços reaproveitados de alguma cerca. Na tábua horizontal (embora inclinada), alguém pintara grosseiramente as palavras: MARIA JOZE. Na tábua vertical (embora inclinada), o mesmo alguém deveria ter pintado grosseiramente as palavras: DE OLIVEIRA DA SI...

A cruz certamente foi pintada antes de ser enterrada. Quando o fizeram, enterraram também três letras: um L, um V e um A. É como se houvesse um grito que tivesse sido recalcado e eu o houvesse escutado muitos anos antes de Nina desenhá-lo novamente para mim.

Fiquei tão impressionado que quis levar comigo os dois desenhos dela. Seus olhos, castanhos, clarearam, concordando. Eu já a entendia. Antes, entretanto, de me passar os papéis, ela os pegou e assinou, no canto inferior direito, como se fossem a obra de arte que de fato eram. Assinou com uma letra, parecida com as que estavam no segundo desenho: N.

Apenas N. Com cuidado, ela enrolou os dois papéis, formando um cilindro duplo, e os prendeu com um elástico que apareceu do meio do seu material de desenho. Colocou-os na minha frente, na mesa, e recolheu os braços para o colo, deixando-se a me olhar com aqueles olhos molhados, claros.

Sem saber o que fazer, o que dizer, acho que fiz a coisa certa. Levantei-me, tomei o café (frio), à guisa de tchau movi a cabeça um milímetro para baixo, despedi-me da mãe e saí.

Eu precisava recuperar o poema do ginásio e conferir o nome completo da Maria do Pedro, nessa ordem. Primeiro passei em casa e escavuquei toda a minha papelada até achar os versos do grito silva. Depois fui até a delegacia do Mattos para ver se ele me ajudava a encontrar o nome completo daquela maria.

Na verdade, eu não precisava de tanta ajuda assim para achar, em uma ocorrência policial, o nome de uma pessoa que acabara de falecer, mas queria conversar com alguém. Infelizmente, não consegui encontrar o meu parceiro, decerto havia saído em diligência.

O "caso das vinte e sete facadas", como os jornais o chamaram, estaria resolvido de cara, logo nem seria mais um trabalho para nós. O assassino havia confessado, estava preso e conformado, seu advogado de defesa seria indicado pelo juiz apenas *pro forma*, quer dizer, para cumprir as formalidades jurídicas.

Só que esse é o meu problema – mental, quem sabe. Não tenho a menor atração pelos casos fáceis – nem pelos difíceis. Atraem-me aqueles supostamente resolvidos, porque a solução que tenham tido nunca responde ao porquê principal. Pedro, por que é que você deixou "ele" abraçá-la assim? Pedro, por que ao escutar sua mulher falando, dormindo, você a matou? Pedro, por que vinte e sete facadas, e não dezessete, ou treze?

Se eu falar dessas minhas preocupações e investigações, no quartel ou na delegacia, sou exonerado no ato, a bem do serviço público, ou, na melhor das hipóteses, torno-me eu mesmo um caso – psiquiátrico. Como, se estou ficando maluco, ainda não me percebo como completamente burro, não coloco essas questões e essas andanças nos meus relatórios nem converso sobre esses assuntos com os meus companheiros de farda.

Meu parceiro poderia ser uma exceção. Senti que, com cuidado e aos poucos, o Mattos, pelo seu caráter entre o irônico e o cínico, poderia até vir a se tornar um interlocutor possível – naturalmente, se conseguisse encontrá-lo.

Sozinho, então, voltei ao batalhão e descobri, por minha conta e com apenas um telefonema, o nome da Maria do Pedro.

Exatamente: *Maria José de Oliveira da Silva.*

Respiro fundo. Desenrolo os desenhos na minha mesa e observo, primeiro a olho nu e depois com uma lupa, como se fossem documentos secretos ou provas decisivas, os traços e as sombras de Nina lançando luz, se não sobre o caso, ao menos sobre as formas e nos meus olhos.

Não resisto a fazer umas anotações em outra folha em branco, mas à margem.

*Maria é um nome comum no Nordeste e no Brasil.*
*Pedro, nem tanto.*
*Maria é um nome bíblico.*
*Pedro, também.*
*Maria era a mãe, se não de Deus, do filho de Deus.*
*Maria é praticamente sinônimo de mulher.*
*Pedro foi o principal apóstolo.*
*Pedro é a pedra que fundou a igreja d'Ele.*
*Pedro O renegou três vezes.*
*Vinte e sete dividido por três é igual a nove.*
*Vinte e sete vezes três é igual a oitenta e um*
*(mas isso já não quer dizer nada).*
*José é outro nome bíblico.*
*José é o pai que não era pai.*
*José era carpinteiro.*
*Oliveira aponta para o monte das Oliveiras.*
*Oliveira lembra azeitona e azeite.*
*O monte das Oliveiras está defronte de Jerusalém,*
*na direção do Oriente, à distância de um sábado*
*da cidade sagrada.*
*No monte das Oliveiras*
*Cristo descansava à noite.*
*Na véspera da morte,*
*Ele meditou no alto desse monte.*
*Da não quer dizer nada.*
*Silva vem de selva.*
*Como outros sobrenomes ligados à natureza,*
*indica local e judeus convertidos:*
*cristãos-novos.*
*Silva, que lembra selva, se opõe a cidade,*
*que lembra violência (urbana).*
*Selva também lembra lei da selva,*
*mas a lei da selva é aqui.*
*Selva ao contrário:*
*o mais forte – Maria – morre;*
*o mais fraco – Pedro – sobrevive (na cadeia).*

Olho para a janela do meu minúsculo escritório e vejo as barras de ferro. Minhas grades que também se veem nas janelas das casas, dos apartamentos, na frente dos condomínios e à volta das praças e dos parques e de mudas de árvores raquíticas nas calçadas. Representadas no meu ombro, em pano: patente de tenente. Esse uniforme, esse quartel, aquela escola, o hospital: vigiamo-nos uns aos outros, com medo da selva e dos animais selvagens que moram lá e podem nos atacar, roubar o nosso gado ou nos devorar. Mas a selva está cada vez mais longe, mais longe, mais longe, seus animais extintos ou no zoológico, é lógico, enquanto afiamos dia a dia os nossos dentes de chumbo: *homo homini lupus.*

Rosno para mim mesmo, pateticamente. Passando a mão sobre o desenho, deixo meu dedo tocar onde deveria estar escrito, na tábua da cruz – a cruz que lembra, é claro, Cristo –, LVA, completando o sobrenome Silva. Que não apenas indica a selva (longe), como é o sobrenome mais comum do país – Dora Ferreira da Silva (sua poesia, entretanto, incomum) que o diga.

Maria também é da Silva.

Nina? Não sei.

Também sem saber por que, pego a máquina fotográfica do batalhão e vou para o cemitério da periferia, onde sabia que Maria já se encontrava enterrada. Justifico esta atitude meio absurda — em que olhar e fotografar o seu túmulo ajudaria a solucionar alguma coisa? — apoiando-me em antigo detetive dos romances, que procurava *sentir* a cena do crime, as pessoas envolvidas, os acontecimentos, antes de formular qualquer pergunta ou hipótese a respeito. Maigret, era esse o nome do personagem, evitava ao máximo teorizar, justamente para que a teoria emergisse do caso, e não o contrário. Aquele detetive tentava justamente não pensar — ou seja, tentava não controlar o raciocínio e a realidade - para *deixar surgir* e, então, *prestar atenção.*

Tendo encontrado uma boa desculpa literária, entrei mais tranquilo no cemitério, procurando o túmulo de Maria da Silva. Quando o encontrei, no entanto, senti não o acontecimento ou o "caso", mas medo. Medo. Dos grandes. Digamos: terror. Não sei como consegui fotografá-lo.

# Pedro

Há bom tempo me mandaram ler, na escola, um livro chamado *Pedro Pedra*. Aquela história me volta à cabeça agora, enquanto cruzo a cidade procurando a delegacia em que Pedro se encontra detido, esperando pelo julgamento.

Aquele Pedro era apenas um adolescente, classe média (ou *mérdia*, como diria o Mattos), cor indefinida (embora a ilustração da capa tenha decidido que ele era louro), buscando uma identidade nos espelhos mais prosaicos. Ele também encontrava uma maria, pela qual se apaixonou daquela maneira desajeitada mas ainda autêntica, vale dizer, desesperada, como só os adolescentes sabem se apaixonar.

Não tinha preocupações com a sua sobrevivência ou a da sua família, ainda não havia escolhido que profissão seguiria, pensava antes em si mesmo, imperador como todos os tímidos. Aquele Pedro falava de um mundo claro, arrumado, que até existe.

Mas é difícil estabelecer o contato dele com este Pedro, nesta cela.

Era estranho. Puseram-no em uma cela comum junto com outros

doze presos comuns, se ele também era um preso comum. Mas este Pedro, a cor da pele parda e encardida, colada no corpo aquela couraça de miséria e silêncio, se deixava de cócoras no fundo da cela, como se projetasse uma energia absurda que empurrava os demais presos para o outro canto, em diagonal. O lugar era, como se pode imaginar, muito pequeno, mas ainda assim ninguém se aproximava dele.

Quando cheguei, com o delegado, olhavam para mim e olhavam para ele e voltavam a olhar para mim, e eu não conseguia reconhecer, entre tantos bandidos, um bandido. Não quero dizer apenas reconhecer um meliante de que eu já tivesse visto a foto ou mesmo o rosto, em qualquer diligência, quero dizer não reconhecer ninguém como bandido.

Era perigoso, para mim, como soldado e policial militar, olhar aqueles seres humanos e vê-los apenas como seres humanos. Sentia-me baixando a guarda, expondo-me vulnerável, ficando "mole", como diriam os meus coleguinhas.

Tem de encarar como bicho, tem de encarar como bicho, me repetiam, e eu repetia para mim mesmo, senão a gente hesita e eles, ora, eles não vacilam: puxam o gatilho ou enfiam a faca na fração do segundo.

Naquele momento, eu não conseguia isso. Todos me pareciam preocupados, assustados, acuados, guardando nalgum lugar da mente seu resto da dignidade. Percebi ligeiro tremor nas pernas, como se eu também estivesse ali dentro — com eles. Forcei-me a parar de olhá-los enquanto o delegado me trazia Pedro para que eu conversasse com ele, mas não adiantava: no que eu via Pedro se desacocorando e andando, aí sim é que eu via um estranho bicho.

Um estranho bicho homem que desenvolvera à sua volta uma carapaça de dor tal que não cabia mais lágrima, esperança ou ódio.

Na pequena saleta dos interrogatórios, deixaram-nos a sós na mesa nua. A lâmpada, pendurada pelo fio do teto, até lembrava aquelas salas de tortura dos filmes, mas provavelmente estava assim por falta de zelo ou de dinheiro para arrumar. Na verdade, me tinham feito uma deferência, talvez pelo meu jeito educado, incomum, de pedir e de explicar o que pedira. Ninguém precisava mais interrogar o Pedro. Ele cometera o crime e ficara esperando a polícia, acocorado em frente à sua Maria, as roupas cobertas do sangue dela, pendurada na mão esquerda a faca com que a matara. Eu estava ali ninguém sabia bem por que, decerto nem eu, mas também isso não tinha muita importância. O problema era meu e não deles.

Frente a frente com ele, senti-me o outro Pedro, mais adulto, olhando menos para um homem e um xará do que para todo um mundo muito diferente. Ele olhava para a mesa, os olhos baixos, as mãos sobre a madeira, calmas. As minhas esfregavam o pano das calças, nervosas. Eu não sabia o que lhe perguntar, não sabia direito por que viera. O silêncio se prolongou por alguns minutos até que ele, estranhando, levantou devagar os olhos e me observou, nas pupilas dois pontos de interrogação.

– Eu preciso entender.

Foi o que lhe disse, à guisa de pergunta. Então ele como que tentou falar, movendo os lábios, abrindo a boca, mostrando os dentes que não tinha e as palavras que também não possuía. Não saía nenhum som. Pedro também parecia mudo. As suas mãos, que antes se mostravam calmas, fechavam o punho e apertavam a mesa para baixo, ressaltando os músculos tão fortes quanto cansados dos seus braços.

De repente, para meu próprio espanto, vi o meu braço, como se não fosse meu, se esticar e pousar a mão na mão dele, no mais improvável gesto de carinho. O pedreiro, o assassino da esposa, tremeu visivelmente, o corpo todo retesando-se mais ainda. Retirei bruscamente o meu braço, envergonhado. Daí ele respirou fundo e falou, mais ou menos o que eu já sabia.

– Ela disse, Maria falou, me perguntou: Pedro, por que é que você deixa ele me abraçar assim? Eu não podia, eu não. Não. Não. Não. Não.

Continuaria falando "não" sincopada e indefinidamente, se eu não o interrompesse para perguntar, por minha vez, quem era "ele". Pedro então passou a repetir a última palavra da minha pergunta, como se fosse uma oração perversa ou um mantra do mal.

— Ele. Ele. Ele. Ele. Ele. Ele. Ele.

Achei que ele, aquele "ele" na minha frente, já estivesse enlouquecendo, o que me suscitava um outro tipo de susto, como se eu tivesse dificuldade em conceber alguém pobre, miserável e, ao mesmo tempo, louco. Loucura para mim combinava com tédio, com dinheiro, com poder que um dia se teve e de repente se perde. Estava cansado de ver aqueles malucos-beleza nas ruas, anunciando o fim dos tempos ou a chegada do pardal gigante, mas sempre imaginava que era cachaça.

Na minha frente, Pedro também amalucava, mas não ficava "beleza".

— Ele. Ele. Ele. Ele. Ele. Ele. Ele.

Me dê o nome dele, Pedro, pedi, quase exigi, com o tom de voz mais firme e autoritário que pude arranjar. Alguma coisa funcionou, porque o pedreiro interrompeu seu mantra e novamente hesitou. Quando falou, foi aos arrancos.

— Ele. Ela. Ela e ele. Ele era dela, entende. Eu nunca estive ali. Ela nunca me deixou entrar ali. Nós dois. A gente sonha, toda a vida, toda a vida, uma outra vida. Colchão de mola, vaso de planta, leite em pó. E ele era dela, e eu não era dela, só ele ficou dela. A gente sonha toda a vida que tem um sonho, mas nem o sonho é nosso. O sonho era só dela. Como ele. Ele era só dela. Eu só tinha ela, não tinha ninguém ninguém ninguém. A prisão é igual, a prisão não faz mal. Sei que fiz mal, mas eu nem podia. Não tinha saída. Deus quis assim. Deus quis que ela fosse pro céu e eu pro inferno. Ele nos separou, o senhor não sabe a razão de Deus. Sei que foi melhor assim, mas não sei, queria que não fosse, que não tivesse sido. Se ela ainda estivesse aqui. Eu não teria perguntado nada. Ela nem lembraria, sonho a gente esquece. No meu sonho bom, eu jogo a faca fora, ninguém mais no mundo tem faca ou tem berro. Não precisa gritar, menino.

De repente, ele começa a cantar, aos gritos, rouco, devorando a voz.

— CAI CAI BALÃO, CAI CAI BALÃO, AQUI NA MINHA MÃO, EU NÃO VOU LÁ, EU NÃO VOU LÁ, TENHO MEDO DE APANHAAAR!!!

O guarda entra na sala bruscamente, apavorado, o cassetete já levantado, partindo para cima do pedreiro para me defender não sabia direito do quê. Não tive tempo de reagir, de impedir, a borracha dura do cassetete acertou o braço do preso com toda a força, eu ouvi um estalo. Deve ter quebrado. Pedro caiu para trás com cadeira e tudo, enquanto o guarda, levado pela inércia do próprio movimento, caiu por cima da mesa, me derrubando junto e à minha cadeira. Logo atrás entraram outros guardas, muitos, algemando o braço quebrado do coitado e nos levantando do chão, o que houve, ele não parecia perigoso, que vacilo.

Até que eu conseguisse explicar que Pedro não tinha tentado me agredir, que apenas se empolgara cantando sem que nem p'ra que uma cantiga de festa junina, já era tarde. Já o tinham devolvido para a cela na porrada, e ele emudecera de vez. Sem um ai, sem uma lágrima, o braço arroxeando, um calombo, a fratura parecia exposta, acocorou-se novamente no mesmo canto, mordendo os lábios grossos até sair sangue e olhando para a frente com os olhos baços, pisados, como se enxergasse ninguém e todo mundo por dentro, aonde as palavras não chegam.

Com muito custo, consegui convencer o delegado a chamar um médico. Não adiantava perguntar mais nada para o Pedro. Ele não falaria mais nada, nunca mais, tinha quase certeza. Se tivesse um bom advogado, o levariam para um manicômio judiciário – mas era totalmente improvável que Pedro pudesse contar com um bom advogado. Provavelmente mofaria na cadeia – talvez naquela mesma cela.

Pedro pedra e apedrejado. Sua pedra lascada, uma arma, que usou vinte e sete vezes contra o seu sonho, achando que era o sonho dela. A procura da pedra polida dera em nada.

# Para a lama

Agora eu sentia uma necessidade intensa, ainda que absurda, de conversar com Maria. O que eu podia fazer senão procurar por Nina.

Antes, atravessei a cidade toda, de ônibus, metrô e mais um ônibus, para procurar o Mattos na outra delegacia. Para variar, ele não estava lá, nem tinha deixado recado. Então atravessei a cidade toda, novamente, mas em outra direção, para buscar a casa da Nina.

No ônibus, uma senhora gorda escutava um radinho de pilha, como antigamente — só que em volume bem alto. Algumas pessoas tentavam lhe pedir, com educação ou sem, cutucando-a ou dando indiretas do tipo "tem gente que não se toca", mas ela ignorava a todos solenemente — o radinho de pilha colado ao ouvido e aos berros. A cena seria engraçada se o coletivo não estivesse tão lotado e eu mesmo não estivesse pendurado, em pé, perto demais da dama do rádio.

O rádio, naturalmente, não tocava música, tocava apenas notícias, naquela mesma estação da cozinha de minha amiga silenciosa. Pensar sobre o silêncio dela como que aumentava o volume do rádio, do motor do ônibus, das vozes irritadas dos passageiros, do trânsito engarrafado, as buzinas, arrancadas, freadas, vendedores e pivetes no sinal, sirenes da polícia, de ambulância, os bombeiros, todos se engarrafavam na mesma avenida, os pedestres, eu começava a escutar os pensamentos tristes dos pedestres, saco, começava a ficar maluco.

Melhor prestar atenção na rádio que só toca notícia.

*Homem é atropelado no bairro. Um homem, aparentando 31 anos, foi atropelado na esquina da avenida Presidente Vargas com a rua 31 de Março. A vítima, ainda não identificada, encontra-se em estado grave e está sendo neste momento socorrida pelo Corpo de Bombeiros, provocando retenção no tráfego.*

Como estávamos exatamente na avenida Presidente Vargas nos dirigindo para a 31 de Março, isso explicava o engarrafamento. Os passageiros pararam um pouco de resmungar e começaram a procurar uma posição melhor para olhar pela janela e enxergar antes do que os outros o homem atropelado. No entanto, ainda faltavam alguns metros e muitos minutos. As pessoas começavam a conversar, a centímetros de distância umas das outras, trocando outros casos, mais ou menos escabrosos, de acidentes de trânsito e atropelamentos. Deixavam a senhora gorda com o seu radinho de pilha aos berros – ela passava a ter alguma utilidade naquela viagem.

Pois foi ela mesma quem se virou para o faceiro passageiro a seu lado (traio a minha idade e me lembro do *Rhum Creosotado*, que nos antigos bondes salvava os passageiros faceiros) e, gritando mais do que o rádio, perguntou p'ra ele e p'ra todos, será que foi o mesmo carro importado que matou o bebê?

Estremeço. Penso na menina Mariana e na sua mãe dirigindo o Chevette ano 81. O caminho da creche. Aquela mulher sozinha. Aquela criança, sozinha. A mãe do bebê do lençol também era uma criança. Ninguém conhece a história toda. Ninguém sabe da missa a metade (nunca).

*Ladrão é atropelado por ladrão ao roubar caminhão. Dois homens renderam ontem o motorista de uma distribuidora de bebi-*

*das, para roubar o seu caminhão com duzentos engradados de cerveja. Como deviam ser novos no ramo, se atrapalharam. Um arrancou com o caminhão enquanto o outro ainda estava na frente ameaçando o motorista. Resultado: passou literalmente por cima do companheiro, fazendo pasta de bandido.*

Muito engraçadinho esse locutor, com a desgraça alheia. Ainda que a desgraça de um ladrão, a cena em si não deve ter sido cômica.

*Motoqueiro morre na zona rural. Um motoqueiro, ainda não identificado, foi atropelado por um trem na passagem de nível próximo à estação Três da zona rural. O homem, que transportava um bujão de gás na motocicleta, morreu no local. O bujão de gás, entretanto, não sofreu nada, quer dizer, não explodiu. Policiais do Batalhão Ferroviário estão no local, mas ainda não sabem informar como o acidente aconteceu.*

Hoje, dia dos atropelados, nosso amigo locutor parece inspirado — inspirado por algum tipo de sadismo, é capaz. Fico pensando, enquanto nos aproximamos da cena do atropelamento número Um (quer dizer, Dois) — o ônibus começa a se inclinar para a esquerda, para ver melhor — se os órgãos de comunicação não "pautam", como eles dizem, os próprios acontecimentos.

Sexta-feira é dia de estupros, violações, barbarizações. Só dá notícia disso, logo só acontece isso. Domingo é dia de homicídios, assassinatos, crimes de paixão e morte em geral. Ou todos preferem o domingo para dar vazão ao seu instinto de morte, ou é tanto o tédio na emissora que repórteres e locutores resolvem fazer uma edição monotemática — e acabam por sugerir o que as pessoas devem fazer com as suas armas guardadas na gaveta, antes que enferrujem. Quarta-feira, hoje, é a hora dos atropelados — gente boa, ou má, indo mais rápido para o céu, ou para o inferno, contando com a ajudinha de um para-lama reluzente.

O sadismo desse cara do rádio parece que está me contagiando. Chegamos, enfim, na ponta do engarrafamento. O ônibus só não se desvencilha logo do aborrecimento porque o motorista, como todos os que estavam na frente e os que virão atrás, passa devagarinho, devagarinho. Ele quer ver os detalhes. Os passageiros querem ver os detalhes.

O que vemos – eu também me debruço acima dos bancos, para chegar mais perto do vidro da janela – é um lençol que era branco, agora vermelho, cobrindo um corpo caído no asfalto. O médico da ambulância dos bombeiros limpa as mãos, os outros palitam os dentes e conversam, enquanto esperam o rabecão. A dama gorda desliga o rádio para ver televisão, digo, para ver melhor.

Na calçada, um rapaz franzino tenta acender uma vela, provavelmente para colocar ao lado do lençol. Será que o nome do morto é Dario? Não deve ser. É mais um lençol no asfalto, fazendo a cama de alguém para sempre. Da outra vez, foi um bebê. Desta vez, um homem feito, estendido assim, feito um feto (não, não posso, não devo fazer um poema deste acontecimento).

O ônibus, felizmente, se distancia. O conjunto de Nina se aproxima.

# Maria

Ela é quem veio atender à porta. A mãe não estava em casa, para minha surpresa. Fiquei contente com isso, mas também constrangido, sentindo falta daquelas mãos torcendo a toalha de mão.

Sentamos à mesa. Eu não sabia que gesto, que sinal fazer – quando lembrei que, apesar do silêncio pesado (notei, de repente, que o rádio da cozinha se encontrava desligado), Nina não era surda. Eu podia falar, eu devia falar alguma coisa. Mas o quê? Eu também não sabia que palavra dizer...

Estávamos nós dois assim, olhando um para o outro – ela, calma, parecendo levemente divertida com o meu constrangimento, minhas mãos que não paravam quietas. Eu abria a boca e a fechava, sem emitir nenhum som. Era como se eu tentasse começar uma mímica, mas mimetizava apenas um sujeito afogado no silêncio. Quando não aguentei mais, quando o peito parecia explodir e as costas ardiam, peguei um papel no canto da mesa, o lápis, a tinta, e coloquei tudo na frente dela, esperando que ela entendesse o que eu não conseguia verbalizar sequer para mim mesmo.

Com os olhos, Nina disse “sim”.

Com o lápis, começou a desenhar, primeiro no ar, depois no papel. Seu rascunho era imaginário e tridimensional; esculpia o desenho que faria, com o canto da mão chegando a borrar, sempre no ar, as sombras projetadas do objeto que ainda não era, mas logo seria. Em determinado momento, sorria fino, leve, e então baixava o lápis ao papel e, com segurança, sem errar, sem refazer, sem apagar – não havia nenhuma borracha por perto –, desenhava seu desenho mudo, arrematando-o depois aqui e ali com um pouco, bem pouco, de nanquim.

Aos poucos aparecia, à minha frente, aquele Pedro, o mesmo que eu havia visto na cela: a cor da pele parda e encardida, colada no corpo aquela couraça de miséria e silêncio, se deixando de cócoras no fundo da cela, como se projetasse uma energia absurda que empurrasse os demais presos e a mim mesmo para o outro canto, em diagonal. Como o lugar era muito pequeno, ela o desenhava no canto do papel, sugerindo um branco de morte que acuasse e esmagasse.

O braço, dobrado em três: quebrado e apoiado nas pernas.

Apesar da dor da cena, eu observava extasiado a desenhista, poderia mesmo dizer, apaixonado. Era como se Nina, no seu silêncio, estivesse cantando uma ópera popular, a voz cristalina e finíssima quebrando cristais, quebrando as resistências da minha alma. Eu sentia vontade de chorar. Na verdade, eu chorava, uma lágrima pendurando-se do meu olho direito, equilibrando-se, evitando escorrer.

Ao terminar o desenho, Nina levanta os olhos e me vê de olho molhado. Assusta-se, como eu não esperava que fizesse. Deixa cair o lápis, que bate na mesa e cai no assoalho. Eu o pego, rápido, e tento devolvê-lo. Ela olha para o lápis na minha mão como se fosse um cigarro aceso que pudesse queimá-la. Com todo o cuidado, em câmera lenta, bem devagar, ela põe a mão esquerda sobre o meu braço, enquanto com a outra mão pega o lápis e o deixa na mesa, ao lado do papel. Não tira a mão esquerda de cima do meu braço.

Sua mão é pequena, muito pequena. Sua mão é forte, muito forte. Bem aos poucos, aperta o meu braço cada vez mais, mas assim, bem aos poucos, num crescendo. Cresce o meu medo; cresce a minha sensação de que eu, enfim, sou eu. Quero abraçá-la, mas não posso. Não devo. Sua mão sobre o meu braço, seus olhos sobre os meus olhos. Abre-se um abismo, no entanto raso. Raso como um rio raso no fundo de um precipício de pedras.

Então ela tira a mão e tira os olhos e volta-se para o papel e pega o lápis e recomeça a desenhar direto, sem rascunho no ar, traços firmes, o lápis de lado, projetando do Pedro encolhido no canto da folha um rosto no centro e esse rosto é o meu rosto. O meu rosto, envelhecido. Rugas, maiores. A barba rala, ainda, mas branca (ela desenhava a barba branca usando o branco do papel). Os olhos, melancólicos. A lágrima, à parte: afastada centímetros do rosto, pendurava-se do nada na página, tremulando de fato como uma gota prestes a cair para fora do desenho, quiçá no mesmo chão para o qual despencara há pouco o lápis.

O lápis que ela recoloca do lado do papel. O desenho terminava. Sem levantar os olhos, Nina fala:

— Pedro, por que é que você deixa ele me abraçar assim?

Para minha surpresa, para meu engasgo, Nina fala as suas primeiras palavras na vida, e que eram exatamente as últimas palavras de Maria, dormindo, no sono, no sonho:

— Pedro, por que é que você deixa ele me abraçar assim?

# Pai

Não tive chance de cair da cadeira, não tive um segundo para me espantar sozinho com as palavras de Maria na boca de Nina, sua voz grave, rouca, adulta. A porta do apartamento se abrira e entrara o seu pai escutando ao mesmo tempo que eu aquela frase. As palavras.

Aquele homem cinzento, vendo a sua filha sozinha com um homem fardado na sala, só tinha olhos para o que escutara, pela primeira vez a voz da menina que já era uma mulher, depois de tantos anos um som, sílabas, sentidos. Que a frase fosse estranha ainda não tinha importância – aquele homem cinzento, a mão direita ainda segurando a porta, na outra mão a pasta de couro puído, ele de repente se coloria. Era como se a janela se abrisse. Era como se ele enfim pudesse olhar pela janela, e não apenas a janela. Minha lágrima passou para o rosto dele, se multiplicou nos dois olhos e aquele homem colorido chorou, dizendo: filha...

E ela respondeu:

– Meu pai.

Falou e levantou da cadeira e foi para o meio da sala e dançou no estreito espaço entre os móveis uma leve dança de braços e risos que durou pouco porque ele se mexeu, largou a porta e a pasta e a abraçou por todos os anos, por todas as palavras, por tudo o que não se disse naquela casa.

Devagar, porque já não me viam e porque o instante era deles, eu fui saindo de lado, fechando a porta com cuidado, descendo as escadas um pé depois do outro. Minha voz, embargada. Por isso, não pude falar nada quando encontrei, na calçada, a mãe de Nina chegando, cansada, suada.

Ela me reconheceu, mas não entendeu nada quando a abracei em silêncio. Foi um abraço forte, acompanhado de um sorriso. Sei que o gesto não deveria ser permitido a um policial, ainda mais em serviço e de uniforme, mas não pude fazer nada a não ser, ser. Quando a soltei, ela correu, confusa e um pouco assustada, para o prédio e para as escadas. Encontraria seu marido, colorido, e sua filha, falando.

Falando.

Eu me encontrava mais feliz do que nunca, contemplado com os acontecimentos, e, ao mesmo tempo, mais sozinho do que nunca.

# Máscara

Em alguns poucos passos, sentei-me em um banco de cimento na área comum dos prédios do conjunto. As poucas árvores mirradas, nas calçadas: amendoeiras sem frutos (como se dizia, plantas *machas*).

À direita e à esquerda, outros bancos de cimento: quebrados, gastos e desocupados. Formavam uma linha irregular, igualmente quebrada, cada banco menor do que o outro – embora fossem iguais um ao outro.

O sol. As sombras, tão fracas quanto as árvores. Ninguém sentado nos bancos. Ninguém andando nas calçadas, saindo ou entrando nos prédios. Os carros que andassem no asfalto, eu não os escutava ou via. Era como se tivessem se recolhido a suas garagens (ou ao depósito do departamento de trânsito). Era como se não existissem por um instante.

O impacto de acontecimentos tão pequenos se mostrava, todavia, grande e estranho. Minha mente de investigador buscava causas que costurassem os efeitos conhecidos – as habilidades de Nina, a morte brutal de Maria, a mente e o braço quebrados de Pedro, a menor E. N. S. e seu bebê no lençol, a jovem mãe de Mariana e seu velho automóvel, as vinte e sete facadas, Pedro, por que é que você deixou ele abraçá-la assim?

Minha mente de investigador começava a compreender que as causas simplesmente não podem acontecer antes dos efeitos, como antes eu pensava, porque Isto só pode ser causa Daquilo depois que o Daquilo se suceder, e não antes. Um pai precisa de um filho para ser um pai; a causa precisa de um efeito para se tornar uma causa daquele efeito, sabe como é? Pois então, eu não sabia.

O criminoso é criminoso no mesmo momento em que a vítima se torna vítima. Pensar assim não tira um grama de responsabilidade dos ombros do criminoso, mas devolve à vítima a parte que lhe cabe — além de pôr sob suspeita toda a nossa maneira de pensar. O mundo acontece todo ao mesmo tempo no mesmo palco, embora as coisas do mundo pareçam ocorrer uma depois da outra, o futuro que vem depois do presente, que por sua vez viria depois do passado.

Por que me iludo? Porque escrevo. Escrevo uma linha depois da outra, um verso depois do outro. Já que penso como escrevo, penso então que o que escrevo — Isto depois Daquilo — é a realidade. Mas a realidade é uma palavra, não percebe?

E as palavras são equívocas, infelizmente. Ou talvez isso não seja nenhuma infelicidade — seja apenas o que é. Assim como os meus poemas são feitos de versos quebrados, esta calçada em que me encontro seria feita de bancos de pedra quebrados nos quais ninguém se senta, exceto máscaras.

Máscaras? Que máscaras?

Estas que este vendedor de máscaras tenta me vender, sentado a meu lado no meu banco. Sem dúvida devo estar sonhando em pleno dia. Vejo visões, se posso me expressar assim. Talvez seja o calor, talvez uma miragem; essa miragem, no entanto, parece muito próxima.

Muito.

O vendedor terá saído de um quadro que vi outro dia reproduzido em um livro de arte, na livraria: ele mesmo vestido de *clown*, coberto dos pés ao pescoço com uma malha verde e vermelha neste calor de matar passarinho, segura nas mãos um longo bambu que sustenta três máscaras teatrais: duas sorriem fino, como se imaginassem ironias, e portam buracos no lugar dos olhos; a terceira máscara é toda colorida, maquiada, o sorriso é largo e fixo, como o dos palhaços antes do incêndio no circo, trazendo os olhos bem abertos, bem alegres, as lágrimas estilizadas.

Olho para o rosto do vendedor e esfrego os meus próprios olhos, assustado, se vejo outra máscara no lugar – sem olhos! Esfrego bastante, até tirar devagar as mãos da frente e levantar, tão devagar quanto, as minhas pálpebras; procuro os óculos que não uso e me assusto novamente, embora sinta, ao mesmo tempo, um certo alívio: o vendedor não está mais ali.

As máscaras, talvez, também parecem não estar mais aqui.

Os bancos de cimento, ao longo da calçada e no sol, permanecem vazios, mas pessoas voltam a entrar e sair dos prédios. Volto a escutar o ruído dos carros na rua, parando nos sinais de trânsito, buzinas, rádios ligados, xingamentos, música. O delírio como que se encerra, deixando-me com a sensação absolutamente paradoxal de... sanidade.

A dez metros, o Chevette estaciona – duas rodas sobre a calçada. Lembra-me o carro da mãe de Mariana. Bem, é exatamente o carro da mãe de Mariana. Muita coincidência ela aparecer exatamente neste momento estranho, mas não foi um grego quem disse que é verossímil que aconteçam coisas inverossímeis? Os livros trazem absurdos porque a vida carrega absurdos – alguns deles interessantes.

A mãe da Mariana salta, sem a filha no colo, já deve ter deixado na creche, e caminha na minha direção. Eu não me surpreendo (pelo menos, não mais do que com o vendedor de máscaras) e me afasto um pouco, para lhe dar lugar no banco. Ela senta; ainda não sei o seu nome, eu pergunto. Quando ela responde, Maria, continuo a não me surpreender (devo estar um pouco anestesiado).

Ela não precisa perguntar o meu nome, ele se encontra bordado no bolso do uniforme. Diz que é bom me encontrar ali, me viu de longe, precisava falar como tinha ficado encucada, cheia de pulgas atrás da orelha (eu sabia...), com a minha visita e as minhas perguntas naquele outro dia. Principalmente: por que eu precisava saber se ela havia passado pela avenida Perimetral em determinada segunda-feira às seis horas e trinta minutos da manhã? Ali tinha coisa.

Lendo e relendo os jornais, ela achou a coisa. O bebê no lençol. Que engraçado, comenta, o riso amarelo, sem achar a graça: imagine, meu carro, importado... Lembrava-se do lençol no chão, que percebera quase ao mesmo tempo que passava por cima. Nem se eu soubesse, dizia, não teria dado tempo; não teria dado tempo.

Tento explicar que ela não teve culpa, mas ela me interrompe dizendo, eu sei que não tive culpa; eu sei. Só que se sentia responsável, e isso não se tira das costas. Por isso, procurara na cadeia Elisângela (Elisângela Nascimento Silva, a menor que engravidara sem saber como nem de quem) e se oferecera para ajudá-la. Providenciar um advogado, acompanhar o julgamento, visitá-la na cadeia, se fosse o caso – apesar de achar que a menina não devia ficar presa junto com traficantes, ladras e outras assassinas. Devia pagar, sim, mas de outro modo – quem sabe a Justiça pensasse melhor, pensasse assim.

Se Elisângela ficasse livre, ou quando ficasse livre, lhe tentaria arranjar um emprego, pensava até em deixá-la morar na sua casa, se ela quisesse: era uma casa pequena, mas cabia. Ouvira de Elisângela que o seu pai era muito violento; batia na mãe, batia nas filhas, como se gostasse e não gostasse delas. Não se tratava de um bandido, isso não, ele trabalhava como pedreiro (também) – mas, ainda assim, violento. A menina não queria vê-lo; não podia vê-lo.

Pensei em Mariana, a neném de Maria, ela ainda não tinha 1 ano, junto com uma adolescente infanticida (minha cabeça não podia deixar de fazer essa relação cruel), pensei em Maria tão cheia de problemas, sem o pai da sua criança, abraçando o problemão da outra; mas, antes de perguntar uma coisa e outra, ela me respondeu, como se lesse os meus pensamentos (depois de Nina, isso está virando mania nas mulheres que chegam perto de mim):

– É, não sei se é uma boa ideia, mas sinto que devo fazer alguma coisa com o pouco que tenho; tendo pouco ou muito, a responsabilidade permanece do mesmo tamanho.

Essa Maria não era uma vítima do marido ou do azar, atropelada pelo atropelamento que cometera sem saber. Essa Maria, em vez de reagir, agia (o que, além de tudo, me emprestava ótima rima). Fiquei mudo; só conseguia sorrir e chorar, como na máscara que comprara com a minha procura.

Ela se foi, balançando sutilmente o corpo como se estivesse muito, muito aliviada. Contente comigo mesmo, eu a vi entrar no carro e voltar para o trabalho. Quando Maria dobrou a esquina é que me lembrei de que ela podia estar indo na direção da delegacia e me dar uma carona, mas aí já era tarde.

Ô cabeça...

# Epílogo

Silêncio faz um barulho insuportável.

Quem já experimentou ligar, ao mesmo tempo, todos de uma vez, as britadeiras, os carros, as televisões, as campainhas, as geladeiras, os aparelhos de ar-condicionado, os telefones (principalmente os telefones) do bairro?

Quem já experimentou desligar, ao mesmo tempo, todos de uma vez, de repente: britadeiras, carros, televisões, campainhas, geladeiras, aparelhos de ar-condicionado, telefones do bairro?

Quem já teria vivido alguma vez a experiência desse *black-sound*?

Naquele momento, os pardais, que não cantam, esticavam seus bicos minúsculos na direção da névoa cotidiana. Eu não estava arriscando a minha vida, mas ela passava inteirinha pela minha cabeça, como se fosse um filme em câmera lenta.

Os transeuntes voltavam-se para mim, também em câmera lenta, lentamente abrindo a boca e arregalando os olhos. Só que aquelas pessoas não pareciam pessoas, mas sim cem espelhos que me olhavam olhando-as e assim me tiravam do prumo.

Nesse espírito muito estranho, depois de atravessar outra vez a cidade a pé, eu chegava à delegacia onde Pedro se encontrava preso.

No banco de cimento na calçada do conjunto de prédios em que Nina morava, eu encontrara, ou supunha ter encontrado, o vendedor das máscaras. Depois do encontro com a mãe da Mariana, ela mesma Maria, eu voltara para a delegacia porque sentira a necessidade de falar mais um pouco com Pedro, mesmo que ele não quisesse falar comigo.

Entretanto, Pedro já se encontrava morto. Eu precisava tentar falar com ele pelo menos mais uma vez, mas já não era mais possível.

Se ele se suicidou, se foi assassinado por um colega de cela ou pelo carcereiro revoltado, nunca vamos saber. O delegado não respondia às minhas perguntas e ainda me olhava de esguelha, estranhando o interesse.

Os jornais certamente não fariam manchete do caso. O locutor daquele programa de rádio é que talvez noticiasse, com o estardalhaço de sempre, a morte de Pedro. "Descanse em paz", provavelmente afirmaria, querendo dizer: "já vai tarde".

As perguntas dos capítulos anteriores permaneceriam dolorosamente sem resposta – nem Mattos poderia me ajudar. No entanto, havia algumas certezas: femininas. Era certo, por exemplo, que eu precisava continuar: a procura. A investigação. A escrever.

Era certo, também, que havia histórias em volta dos meus poemas: Maria e Maria, Elisângela e Mariana, Dora, a poeta, e Nina, a desenhista dos desenhos mudos (sem contar a mãe de Nina, a toalha de mão entre as mãos).

Eu devia retornar todo o caminho, caminhar novamente toda a cidade de volta, para encontrar Nina e lhe contar o final desta história – quem sabe na forma de um poema, três versos precisos, um *bonsai* de palavras...

Ou, se meu poema ainda fosse um mero rascunho – ainda tivesse, por exemplo, cinco versos, dois excessivos – não o mostraria logo a Nina, apenas pediria, meus dedos de leve no seu rosto:

– Você desenha o final?

# O autor

Arquivo pessoal

Nasci no meio do século passado (esquisito perceber isso). Embora meu nome completo seja maior, preferi assinar os livros com os dois primeiros nomes, por tê-los herdado do meu avô e porque gosto dos seus significados: *Gustavo* quer dizer "cetro real" e *Bernardo* quer dizer "urso forte".

Desde as primeiras leituras, pensava em ser escritor. Por influência da profissão de meu pai e por gostar de Matemática, quase me tornei engenheiro, mas a tempo me formei em Letras. Sou professor de Teoria da Literatura na Universidade do Estado do Rio de Janeiro. A profissão é melhor do que se diz, mas algumas vezes atrapalha ensinar o que ainda se quer inventar. Ecoa sempre na minha cabeça o ditado: "Quem sabe, faz, quem não sabe, ensina".

Como poeta, "cometi" apenas um livro, *Pálpebra* (Lidador, 1975), e depois preferi me dedicar aos romances e aos ensaios.

Como romancista, publiquei: *Pedro Pedra* (Lê, 1982 – Prêmio Altino Arantes de 1981 e considerado *Altamente recomendável para jovens* pela FNLIJ em 1983); *Me nina* (Taurus, 1989); *Lúcia* (Relume Dumará, 1999 – finalista do Prêmio Jabuti na categoria romance em 2000); *A alma do urso* (Formato Editorial, 1999, com 2ª edição em 2001, finalista do Prêmio Jabuti na categoria literatura infantojuvenil em 2000 e considerado *O melhor para o jovem* pela FNLIJ em 2000, recebendo o Prêmio Orígenes Lessa). Embora *Lúcia* e *Me nina* sejam "adultis", quando escrevo não distingo muito o leitor: criança, adolescente, adulto, todo mundo é adulto, é responsável e é bobo, tudo ao mesmo tempo.

Como ensaísta, publiquei: *Redação inquieta* (Globo, 1985; 5ª edição pela Formato Editorial, em 2000); *Quem pode julgar a primeira pedra?, ou: ética e literatura* (Relume Dumará, 1993); *Cola, sombra da escola* (Eduerj, 1997); *Educação pelo argumento* (Rocco, 2000). Apresentei recentemente, como tese para concorrer a Professor Titular na UERJ, ensaio sobre a obra do filósofo tcheco-brasileiro Vilém Flusser, chamado *A dúvida de Flusser.* Está engatilhado um ensaio sobre a relação entre a literatura e o ceticismo.

No mais, a vida é boa e assustadora – ao mesmo tempo.

# Entrevista

Em *Desenho mudo*, os protagonistas – Nina e o policial – são *pessoas* diferentes nos meios em que vivem. E, justamente, o diálogo que se cria entre os dois nos sugere que há várias maneiras de expressar nossa compreensão do mundo... e de lidar com o que, neste mesmo mundo, não conseguimos compreender. Vamos entrevistar o autor do livro e conversar com ele sobre essas questões.

EM *DESENHO MUDO*, HÁ MOMENTOS EM QUE A GENTE SENTE VONTADE DE DESLIGAR AQUELE RÁDIO, QUE FUNCIONA ININTERRUPTAMENTE – QUASE COMO *FUNDO SONORO*, INVADINDO NOSSO COTIDIANO. É COMO VOCÊ VÊ A MÍDIA: UM ALARIDO QUE DISTRAI NOSSA ATENÇÃO DE COISAS MAIS SUTIS?

• A mídia não é só alarido, também contém informação e, por que não, literatura. O alarido é, digamos, a versão moderna, ou *midiática*, da conversa fiada, da fofoca, em suma, de tudo aquilo que desvaloriza a palavra de cada um. Hoje a expressão *palavra de honra* se encontra meio fora de moda – o que significa, apenas, que precisamos recuperar a honra da palavra.

AINDA SOBRE O PROGRAMA DE RÁDIO, É MARCANTE QUE O LOCUTOR TRANSFORMA OS MAIS VIOLENTOS EPISÓDIOS EM ESPETÁCULO E ATÉ MESMO FAZ PIADAS SOBRE ELES, COMO O ESTUPRO DA FREIRA, NA FAVELA. É EVIDENTE TAMBÉM QUE VOCÊ APONTA UMA CERTA *TÁTICA DA ENXURRADA*, COM TANTAS NOTÍCIAS, DE DIFERENTES LUGARES DO MUNDO E

SOBRE DIFERENTES SITUAÇÕES, SENDO TRANSMITIDAS TELEGRAFICAMENTE, UMA DEPOIS DA OUTRA, QUE NOS DEIXAM ATORDOADOS. SERIAM ESSES, NA SUA OPINIÃO, *ARTIFÍCIOS* DA MÍDIA? COM QUE PROPÓSITO?

• Desde os antigos romanos se falava da necessidade de oferecer ao povo pão e circo, para melhor dominá-lo. Como hoje talvez haja menos pão e muito mais gente, o circo se sofisticou, transformando-se na sociedade do espetáculo, que, por sua vez, transforma a miséria e a violência no *show* da vida (ou da morte). A sequência de notícias ruins anestesia o espectador, que se paralisa aguardando o altamente improvável final feliz. É sintomático que os *jornais nacionais*, na televisão, se estruturem como um enredo novelesco: muita desgraça, mas a última notícia parece *boa*, para deixar no ar alguma esperança que, considerando o conjunto do jornal, é uma esperança ligeiramente absurda...

O TÍTULO DA SUA NOVELA, *DESENHO MUDO*, É BASTANTE PROVOCATIVO, POIS NADA PARECE NA HISTÓRIA MAIS FALANTE DO QUE OS DESENHOS DE NINA. É QUASE COMO SE ESTIVESSEM, O TEMPO TODO, DIZENDO O QUE PRECISA SER DITO, ATÉ ENCONTRAREM QUEM ESTIVESSE DISPOSTO A ENTENDER. O QUE VOCÊ ACHA DESTA LEITURA DESSE ASPECTO DO LIVRO?

• Bem interessante, embora eu confesse que não pensei nisso — o que confirma que o autor geralmente não será o melhor leitor da sua história. Pensei o título por analogia a *cinema mudo*, tentando discutir por um ângulo que suponho novo a *overdose* de imagens a que estamos submetidos. Tais imagens ameaçam substituir as palavras, mas as palavras, em especial na ficção, são capazes de criar imagens poderosíssimas, verdadeiros *desenhos mudos*...

É MUITO COMUM A INTENÇÃO DE RESSALTAR A *CULTURA ESCRITA* — A CULTURA DA PALAVRA, LER E ESCREVER — COMO A ÚNICA, OU PELO MENOS A MELHOR MANEIRA DE AS PESSOAS (E O JOVEM EM ESPECIAL) DESENVOLVEREM SUA COMPREENSÃO DO MUNDO E SUA CAPACIDADE DE EXPRESSÃO. MAS A LEITURA DO SEU LIVRO SUGERE, ENTRE OUTRAS COISAS, ALGO DIFERENTE. PODERIA SER, DE CERTA MANEIRA, A VALORIZAÇÃO DE MODOS DE PERCEPÇÃO E EXPRESSÃO NÃO BASEADOS NA PALAVRA?

• Uóps; a resposta que dei à pergunta anterior me compromete para responder a esta. Eu diria que, ao valorizar modos de percepção e expressão não baseados na palavra, através dos desenhos e do silêncio de Nina, tentei chamar a atenção para... a palavra! Como há palavras demais no nosso cotidiano, como todos falamos demais, valorizar a palavra depende, simplesmente, de saber fazer silêncio, bem como de aprender a ouvir o silêncio dos outros.

O TENENTE, EM *DESENHO MUDO*, É UM PERSONAGEM COMPOSTO NUMA LINHA DIFERENTE DA DOS DETETIVES POLICIAIS MAIS FAMOSOS, DE SHERLOCK HOLMES A HERCULE POIROT. NESSES ROMANCES, DESCOBRIR QUEM É O CRIMINOSO É O FOCO PRINCIPAL. COM O TENENTE (ASSIM COMO COM O MAIGRET, DE SIMENON, E O ESPINOZA, DE LUIS GARCÍA-ROZA), A PREOCUPAÇÃO EM DECIFRAR O QUE LEVA O SER HUMANO A FAZER CERTAS COISAS É MAIS DESTACADA. VOCÊ PODERIA COMENTAR ESSE LADO DA HISTÓRIA?

• O criminoso, nos romances policiais clássicos, é sempre o outro. Sherlock estuda-o com uma lupa ou um microscópio não para entender a raiz do mal, mas apenas para controlar o mal. A questão do tenente e dos outros personagens passa a ser entender o outro para se entender, mas eles fazem parte de um sistema, o sistema penal, que sabem ser tão cruel e vingativo quanto o que combatem. Olham no olho do criminoso e reconhecem um espelho deveras perturbador.

O ANTROPÓLOGO LÉVI-STRAUSS ESCREVEU CERTA VEZ QUE TODA SOCIEDADE NECESSITA APRENDER A CONVIVER COM AQUILO QUE NÃO É CAPAZ DE ENTENDER. EM *DESENHO MUDO*, PARECE QUE É ESSE O PERCURSO DO TENENTE, ADMITIR QUE HÁ COISAS QUE SIMPLESMENTE NÃO SERÃO ENTENDIDAS, E PONTO FINAL. É COMO VOCÊ TAMBÉM VÊ CERTOS MISTÉRIOS, PEQUENOS E GRANDES, COM QUE A GENTE ESBARRA PELA VIDA?

• Creio que toda a sociedade, e, portanto, cada um de nós, precisa aprender a aceitar limites, tanto para o entendimento quanto para a ação. O mundo simplesmente não rima conosco. Os gregos antigos, que nos ensinaram o pouco que sabemos, já lamentavam a *hybris*, isto é, a "desmedida". Ainda que seja muito difícil, é preciso saber quando e onde parar. Não precisamos e não devemos saber *tudo* nem sobre o mundo, nem sobre os outros, nem sobre nós mesmos.

EM OUTROS LIVROS SEUS, COMO *PEDRO PEDRA* E *A ALMA DO URSO*, PARECE HAVER UM JOGO SEMELHANTE A UM DOS ASPECTOS DE *DESENHO MUDO*. DE UM LADO, A PALAVRA; DO OUTRO, O SILÊNCIO, E A IMAGINAÇÃO (OU A REFLEXÃO, A FALA PARA SI MESMO, INTIMISTA) LIGANDO AMBOS. POR OUTRAS RESPOSTAS SUAS, ESSE PARECE SER MESMO UM DOS SEUS SEGREDOS PARA ARMAR A HISTÓRIA. VOCÊ CONCORDA?

• Bela leitura. Creio que meus narradores (se é que eles são meus e não apenas do leitor), nas três histórias, procuram contar de dentro: de dentro dos personagens e dos acontecimentos. Eles abdicam da onisciência narrativa para intensificar uma determinada perspectiva; tentam trazer o leitor, com cuidado, para vivenciar essa perspectiva diferente da sua. Com isso, creio que se sugere abdicarmos da pretensão de abraçar o mundo com as pernas para dar, com intensidade, um passo de cada vez.